ANGIE WESTHOFF

Bellas zauberhafte Glücksmomente

cbj

ANGIE WESTHOFF

Bellas zauberhafte Glücksmomente

cbj

Der Verlag weist ausdrücklich darauf hin, dass im Text enthaltene externe Links vom Verlag nur bis zum Zeitpunkt der Buchveröffentlichung eingesehen werden konnten. Auf spätere Veränderungen hat der Verlag keinerlei Einfluss. Eine Haftung des Verlags ist daher ausgeschlossen.

Dieses Buch ist auch als E-Book erhältlich.

MIX
Papier aus verantwortungsvollen Quellen
FSC
www.fsc.org
FSC® C014496

Verlagsgruppe Random House FSC® N001967

1. Auflage 2016

Umschlagkonzeption: *zeichenpool, München
unter Verwendung eines Fotos von © Shutterstock
(rgemmell; Moljavka; Yunaco; Eisfrei; Lilybranch; Zenina Anastasia)
MP · Herstellung: AJ
Satz: KompetenzCenter, Mönchengladbach
Druck: GGP Media GmbH, Pößneck
ISBN 978-3-570-17342-8
Printed in Germany

www.cbj-verlag.de

Liebe Bella,

ich und Sunderby brauchen deine Hilfe.
Es wäre gut, wenn du aus dem Internat abreisen
und herkommen könntest.

E. S.

1. Kapitel

Alle Einwohner von Sunderby hatten sich auf dem Friedhof versammelt. Ihre schwarzen Regenschirme zitterten in der Morgenluft, ein feines Nieseln ließ sie zusammenrücken, schweigend und in stiller Trauer. Nichts war zu hören außer der Stimme des Pfarrers, dem Rascheln feuchter Kleidung und dem Scharren fester Schuhe auf Kies. Die schmalen Stämme der alten Erlen rahmten den Friedhof ein und es sah schön aus, wie sie da standen. Ganz gerade mit leicht hängenden Köpfen. So als legten sie eine Schweigeminute ein, die Ehrengarde fürs letzte Geleit.

Mir war kalt, die feuchte Kühle des Morgens kroch unerbittlich durch jedes noch so warme Kleidungsstück. Ich klemmte mir den Schirm zwischen Hals und Kinn, bückte mich und zog die Socken in meinen Stiefeln ein wenig höher. Die schwarze Feinstrumpfhose wärmte nicht und auf die Stulpen hatte ich, mit Rücksicht auf Mam, verzichtet. Wenn ich nicht festfrieren wollte, musste ich mich bewegen.

Ich lief an der Menschenmenge vorbei, die sich um das Grab geschart hatte, vorbei an schwarzen Schirmen und leisen Schluchzern, weg von den Worten des Priesters, die durch die Luft schwirrten und sich wie hässliche Pfeile in meine Seele bohrten.

Vor einer Woche hatte ich diesen Brief erhalten. Ohne Absender, doch der war nicht schwer zu erraten. Niemand außer Großmutter schrieb so unleserlich und in jener Mischung aus Groß- und Kleinbuchstaben.

Ich und Sunderby brauchen deine Hilfe. Ihre Bitte hatte so viel gewogen wie ein Sack Pflaumen oder ein Aufruf an die Nation, aber ich konnte nicht einfach abreisen. Es waren noch drei Tage bis zu den Sommerferien und im Internat billigte man es nicht, wenn Schüler in dieser Zeit Extrawürste brieten, die Koffer eine Woche zu früh packten oder ihren Urlaub bereits am vorletzten Schultag antraten.

Als ich dann endlich in Sunderby ankam, war Großmutter tot, sie war wenige Stunden zuvor gestorben. Wir hatten uns nicht mehr gesehen und ich würde nie erfahren, was sie mir erzählen wollte.

Ich schlängelte mich zwischen den angrenzenden Grabsteinen hindurch und versuchte, das schlechte Gewissen auszublenden. Ich hatte nicht damit gerechnet, dass Grandma so sang- und klanglos gehen würde. Okay, sie war vor Kurzem zweiundneunzig geworden, da lagen die Tage nicht mehr wie blühende Wiesen oder kilometerlange Landstraßen vor einem, doch daran hatte ich nicht gedacht. »Trotz ihres Alters kam es nun doch sehr plötzlich«, sagte der Pfarrer in diesem Moment; seine Worte beruhigten mich und ließen mich endlich wieder klar denken. Irgendetwas Gravierendes musste in den letzten Wochen passiert sein, sonst hätte Großmutter nicht geschrieben. Und es hatte etwas mit Sunderby zu tun, aber das war auch alles, was ich wusste.

Ich blieb stehen, ließ den Blick über die Menschenmenge wandern, kniff die Augen zusammen und scannte jeden, der ans Grab trat, um sich mit einer Blume oder einem Schäufelchen Sand zu verabschieden. Erstaunlich, wie schnell einen Verluste ereilten. Wenn man bedachte, wie lange es dauerte, bis man sich an jemanden gewöhnte oder Freundschaften schloss und dann plötzlich war alles vorbei. Eine weiße Rose, eine rote Dahlie, ein paar Körner Sand und das war's.

Fast alle waren da, aber hier, wo jeder jeden kennt, ist das normal.

Sunderby ist der Inbegriff eines glücklichen Ortes, seine Bewohner sind erfolgreich, hilfsbereit und herzlich. Vor ein paar Jahren hatte ein Journalist eine Reportage über uns gemacht, der verkündete, in Sunderby könne man steinalt, wunschlos glücklich und sehr wohlhabend werden. Der Artikel war kaum veröffentlicht, da konnte sich der Ort vor Touristen nicht mehr retten und die Nachfrage nach Bauland rund um Sunderby stieg sprunghaft. Natürlich werde ich im Internat damit regelmäßig gehänselt. Meine Schulfreundinnen kommen aus Großstädten mit Einwohnerzahlen weit über der Hunderttausendergrenze, nennen mich *Village Girl* und finden mein Zuhause reichlich provinziell.

Keine Ahnung, warum ich gerade jetzt daran denken musste.

Ich sank auf einen Stein, stützte den Kopf in die Hände und konnte endlich weinen, lang und anhaltend. Dann warf ich einen Blick zur Trauergemeinde hinüber, es war nun wirklich Zeit, Abschied von Grandma zu nehmen. Auch für mich.

»Da bist du ja endlich, Schatz.« Mam stand vorne am Grab und hielt sich tapfer. Selbst an einem Tag wie diesem sah sie sagenhaft gut aus und wieder einmal fragte ich mich, wie sie ihre Figur hielt, denn Mam war eine grandiose Naschkatze. »Ich würde alles für eine Tasse heißen Kakao geben«, wisperte sie mir ins Ohr. »Denkst du, es würde unangenehm auffallen, wenn wir einfach verschwinden?«

Ich warf ihr einen strengen Blick zu. Grandma war noch nicht einmal unter der Erde und Mam riss schon wieder Witze. Die beiden hatten sich zwar nie furchtbar nahegestanden, aber mir war klar, dass meine Mutter nur versuchte, sich selbst von trüben Gedanken zu befreien. »Wir stehen schon viel zu lange hier herum«, wisperte Mam. »Glaub mir, so viel Nähe hätte deine Großmutter genervt.«

Das stimmte, und ich unterdrückte ein Grinsen. Grandma war eine wichtige, vielleicht sogar respektable Persönlichkeit gewesen, aber sie hatte nur wenige Menschen an sich herangelassen. Mam gehörte nicht dazu und ich selbst ... nun, das wusste ich eigentlich gar nicht so genau.

Ganz instinktiv hatte ich einen gesunden Abstand zu der alten Dame gehalten, was dadurch erleichtert worden war, dass ich und Mam in einem kleinen Häuschen im Ort wohnten, während Grandma im alten Familiensitz am Bruchwald lebte, in zwei Kilometer Distanz.

Im Erdgeschoss unseres Hauses am Marktplatz hatte Mam vor ein paar Jahren eine Chocolaterie eröffnet, dort produzierte sie exquisite Pralinen und es war unnötig zu sagen, dass sie ein verflixt gutes Geschäft damit machte.

»Wie ist die Lage, geht's dir einigermaßen gut?«, fragte ich leise.

»Ich weiß nicht«, erwiderte meine Mutter. »Ich fühle mich wie auf einem schwankenden Schiff, aber das kann auch an diesen blöden Schuhen liegen.« Sie deutete auf ihre High Heels, die eher für einen Diskobesuch als für eine Beerdigung gemacht schienen. Wenigstens waren sie schwarz und hatten dem Anlass entsprechend ein Vermögen gekostet.

»Wir haben es gleich geschafft«, wisperte ich, trat ans Grab und warf eine rote Rose hinunter. Dann blickte ich auf den Sarg und murmelte in Gedanken eine Entschuldigung. *Ich wäre nach Hause gekommen, wenn ich gewusst hätte, dass es so dringend ist.* Ich hoffte, dass es im Reich der Toten eine Form von Telepathie oder eine Art unsichtbares soziales Netzwerk gab, das meine stillen Worte transportierte. Und weil das ja immerhin möglich war, fügte ich in Gedanken noch schnell den Empfänger hinzu: *Diese Nachricht geht an meine Großmutter Emilia Sander, wohnhaft in Sunderby, zu Lebzeiten im Haus am Bruchwald, in Zukunft hier auf dem Friedhof.*

Du musst etwas für mich tun.

Ich stand ganz still und wagte kaum zu atmen.

Hatte ich das eben gehört, gedacht oder mir einfach nur eingebildet? Ich blickte mich um, doch hinter mir stand nur meine Mutter und die hatte die Lippen fest aufeinandergepresst. Die anderen Trauergäste hielten gebührenden Abstand und keiner von ihnen sprach ein Wort. Es musste der Wind gewesen sein, das Raunen der Erlen, ein sanft flüsterndes Rascheln der Blätter. Denn dass Tote sprechen konnten, ging jetzt doch zu weit. *Nun ist es passiert*, dachte ich, *ich bin verrückt, ein neuer Fall für den Schulpsychologen.*

Nur du kannst das.

Ich schwankte und hielt mich an meiner Mutter fest; das hier war deutlich zu viel für mich. Beerdigungen war ich nicht gewohnt und offenbar reagierte ich extrem sensibel auf jedes noch so kleine Geräusch, meine Fantasie ging mit mir durch und es war höchste Zeit, nach Hause zu gehen. »Entschuldige, mir ist übel«, flüsterte ich meiner Mutter ins Ohr, verließ den Friedhof und rannte wie von Geistern oder geheimen Neurosen gejagt den Hügel hinunter und weiter, bis ich den Ort erreichte. Dort steuerte ich den Marktplatz an, eine kreisrunde Rasenfläche, in deren Mitte drei große Kastanienbäume und ein paar alte Holzbänke standen. Normalerweise war dies ein beliebter Treffpunkt, heute aber waren alle auf der Beerdigung.

Der Platz schien verwaist, nein, nicht ganz. Unter einer der Kastanien entdeckte ich meine beste Freundin, die Beerdigungen immer schon gemieden hatte. Mein Herz machte einen Sprung und ich legte einen Zahn zu.

Atlanta ist genauso alt wie ich und extrem klug. Mit ihren schwarzen Haaren und dem akkurat geschnittenen Pony sieht sie aus wie Prinz Eisenherz in diesen uralten Comics. Wir hatten mal ein paar bei Großmutter gefunden, in einer alten Kiste auf dem Speicher, und uns richtig gefreut, dass Atlantas Stil und Styling zeitlos waren.

»Cool, dass du da bist«, japste ich und ließ mich schwer atmend auf das feuchte Holz der Bank fallen.

»War's schlimm?«, fragte Atlanta und ihre dunkle Stimme sackte bei dem Satz komplett in den Keller, Tiefgarage, zweites Untergeschoss. Ich nickte.

»Dann musst du mit mir reden«, sagte sie, strich sich den schwarzen Pony aus dem Gesicht und sah mich aus großen Augen an. Mit diesem Blick konnte sie Menschen regelrecht hypnotisieren, sie festhalten und eine ganze Weile nicht wieder loslassen. »Sie hat einfach nur die falsche Brille«, hatte Mam einmal gemeint und vielleicht stimmte das ja. Atlantas Augen wirkten durch die Gläser ihrer Weitsichtbrille einen Tick größer als die anderer Leute. Aber das war nicht das ganze Geheimnis. Atlanta konnte ihren Blick in die Seele anderer Menschen versenken, und das tat sie auch. Wenn man sich mit ihr unterhielt, war man durch nichts abgelenkt. Es war, als saugte sie die Worte aus einem heraus.

»Rede mit mir«, wiederholte sie. Im gleichen Moment schaltete sie ihren optischen Staubsauger ein, und ich war verloren. Die ganze Geschichte sprudelte aus mir heraus wie aus einem Springbrunnen, ohne Punkt und Komma, ohne richtigen Anfang, geschweige denn in einer vernünftigen Chronologie oder Ordnung. Als alles gesagt war, sackte ich in mich zusammen und schwieg. Atlantas Blick wurde weicher und verlor sich im Nichts. »Sie hat einen Brief geschrieben und nicht im Entferntesten angedeutet, worum es geht?«

Ich schüttelte den Kopf.

»Warum sollte Sunderby deine Hilfe brauchen?«

Erneutes Kopfschütteln.

»Du willst mir aber nicht weismachen, dass sie aus dem Grab zu dir gesprochen hat, oder? Sie war zwar eine außergewöhnliche Frau, aber so viel Enthusiasmus trau ich ihr, bei allem Respekt, nicht zu.«

Atlanta zwinkerte und ich musste grinsen.

»Du bist überreizt, machst dir Vorwürfe und hast zu wenig geschlafen. Aber das mit dem Brief ist seltsam. Was sagt deine Mutter dazu?«

Ich schüttelte den Kopf, meiner Mutter gegenüber hatte ich den Brief mit noch keiner Silbe erwähnt. Die letzte Woche im Internat war aufregend gewesen, eine Party hatte die nächste gejagt und ich hatte mich von allen verabschieden müssen. Da blieb keine Zeit für Mails, Telefonate oder andere private Dinge. Seit meiner Ankunft und Grandmas Tod hatten sich die Ereignisse dann überschlagen, Mam hatte sich um vieles kümmern müssen und mich plagte das schlechte Gewissen.

»Warte mal«, sagte Atlanta plötzlich, »es gab da eine Versammlung im Gemeindehaus, vor ein paar Wochen erst. Deine Großmutter hat sich schrecklich aufgeregt, hat mir jemand erzählt, ich weiß aber nicht, worum es ging.«

»Sie war in letzter Zeit noch bei Versammlungen?«

»Wusstest du das nicht?«

Nein, das wusste ich nicht. Vermutlich erst die Spitze des Eisberges all jener Dinge, von denen ich keine Ahnung hatte.

»Wer war sonst noch dort?«

»Der halbe Ort. Vielleicht wäre es interessant herauszufinden, worum es ging?«

»Allerdings«, erwiderte ich. »Aber wie stellst du dir das vor? Soll ich jeden einzelnen Bewohner von Sunderby fragen, ob er sich an das Treffen erinnert? Oder daran, was Großmutter gesagt hat?«

»Wir fragen den alten Joe, der ist an den Abenden einsam und lässt keine Versammlung aus. Jeanette Riccardi ist auch nicht schlecht, sie ist immer bestens informiert und weiß über alles Bescheid.«

Der alte Joe ist ein ortsansässiger Fischer und Jeanette Riccardi besitzt einen Laden, in dem man nahezu alles bekommt und das auch noch zu anständigen Preisen. Über dem Schaufenster an der Frontseite ihres Hauses hängt ein Schild mit der Aufschrift *Ten to Five,* was sich darauf bezieht, dass Jeanette nur von zehn bis fünf geöffnet hat und den Rest des Tages ihre Ruhe haben will.

»Natürlich könnten wir auch mit dem verrückten Kenneth sprechen«, fuhr Atlanta fort. »Er geht zu fast jeder Versammlung.«

Kenneth Korkum lebt in einem ausgebauten Bauernhof. Er ist Künstler, hat eine Vorliebe für Wagneropern und schafft Skulpturen aus Holz. Außerdem arbeitet er auch an Sonntagen und das genügt, um in Sunderby für verrückt gehalten zu werden.

»Lass uns mit Jeanette anfangen, sie war nicht auf der Beerdigung«, erklärte ich, sprang auf, hakte meine Freundin unter und zog sie über den Marktplatz, an der Chocolaterie meiner Mutter vorbei und weiter zum *Ten to Five*.

2. Kapitel

Sunderby ist ein überschaubarer Ort, nicht der Mittelpunkt der Erde, kein Ferienparadies an der Cote d'Azur. Nur ein unscheinbares, verschlafenes Dorf, das an Sommermorgenden in kalter Milchsuppe badend im Nebel liegt und um die Mittagszeit herum in der Sommerhitze glüht. Ein kleiner Ort mit einem Friedhof, Restaurants, Geschäften und einer Seepromenade, unzähligen Badebuchten und einer Strandbar am See. In den Sommernächten glänzt das Wasser, als hätte jemand schwarze Tinte hineingekippt, dann wird auf den Bootsstegen gefeiert, und wenn es gegen Mitternacht still wird, kann man die Fische springen hören. An klirrend kalten Wintertagen friert der See zu, und die Leute laufen auf dem Eis kilometerweit Schlittschuh.

Streng genommen besteht Sunderby nur aus einem Marktplatz und fünf schmalen Straßen, mehr hat der Ort nicht zu bieten. Die Straßen gehen sternförmig vom Marktplatz ab, die erste führt direkt hinunter zur Seepromenade. Hier befinden sich die Restaurants, das Strandbad, die Surfschule und die Boote der Fischer. Die zweite Straße führt ins Hochmoor, zum Friedhof und zur kleinen Kapelle hinauf. Die dritte Straße bringt einen auf der anderen Seite aus dem Dorf hinaus, die vierte ist eigentlich nur eine unscheinbare Gasse, in der es jede Menge kleiner Werkstätten gibt. Und in der fünften wohne ich.

Es ist die einzige Allee im Dorf, eine breite Straße mit Bäumen, schattigen Plätzen und jeder Menge Geschäften. Die Häuser sind von einem schwedischen Architekten gebaut und pastellfarben gestrichen worden, die oberen Geschosse ließ er mit weißen Holzlatten verkleiden. Die Fensterläden sind ebenfalls weiß, und zu einigen Häusern gehört sogar eine Veranda aus weißem Holz.

Auch das *Ten to Five* liegt in der fünften Straße.

»Furchtbar, das mit deiner Großmutter«, rief Jeanette und umarmte mich so heftig, dass ich fast keine Luft mehr bekam. Im Laden herrschte schummriges Licht, es roch nach Scheuermittel und Ananas. »Ganz sicher wird sie eines Tages wiedergeboren. Jetzt aber braucht sie Ruhe, damit sie sich erholen kann.«

Das war eine merkwürdige Vorstellung, denn Grandma war nie ein großer Fan von Müßiggang gewesen. Worte wie *Erholung* oder *Ruhe* waren in ihrem Sprachgebrauch nicht vorgekommen und Jeannettes buddhistische Ansichten zur Wiedergeburt hatte sie stets mit beißendem Spott kommentiert.

Auch Atlanta hatte dafür wenig Sinn. Sie wedelte mit der Hand, als wollte sie einen Schwarm Fliegen verscheuchen, und verdrehte die Augen. »Wegen Bellas Großmutter sind wir hier«, sagte sie und trat einen Schritt näher an Jeanette heran. »Da muss irgendetwas passiert sein auf der letzten Versammlung im Gemeindesaal, es heißt, die alte Dame hätte sich mächtig aufgeregt ...« Jeanette schloss die Augen, griff sich an die Stirn und nickte. »Ja, ich hatte es fast vergessen. Es passierte am Rande der Veranstaltung. Die Themen waren so unspektakulär wie immer: Grundstücksverkäufe, Einnahmen des Ortes, Planung des Seefestes. Ganz plötzlich fing sie an herumzukeifen, aber sie sprach niemanden direkt an und keiner verstand, worum es ging. Es schien fast so, als stritte sie mit sich selbst ... sehr seltsam. Jedenfalls war es das letzte Mal, dass ich sie gesehen habe.«

Ich schüttelte den Kopf. Grandma sollte mit sich selbst geredet haben? Undenkbar, unmöglich, schon gar nicht in aller Öffentlichkeit.

»Konnten Sie verstehen, was sie sagte?«

»Nein, ich saß viel zu weit entfernt. Aber Kenneth stand in ihrer Nähe, in seinen ollen Malerhosen.«

Atlanta grinste. »Sehr gut, das war's dann schon, bis zum nächsten Mal.« Sie griff nach meinem Arm und schleifte mich schnurstracks aus dem Laden hinaus auf die Straße. »Puh, bei der hab ich immer Angst, das könnte ansteckend sein. Und du weißt, ich bin Hypochonder.«

»Die Menschen an diesem Ort sind eben einzigartig«, entgegnete ich grinsend, »jedes Geschöpf ist irgendwie besonders. Die kann man nicht einfach so in Schubladen pressen.«

»Allerdings«, entgegnete Atlanta, »solche Schubladen müssten nämlich erst noch erfunden werden.« Verstohlen deutete sie auf die alte Frau Katten, die vor uns über die Straße bummelte. Meistens sprach sie mit sich selbst, heute referierte sie jedoch vor einer Katze. »Wir können den Moordunst riechen, er begräbt die Geheimnisse ...«

Ich kicherte und knuffte meine Freundin in die Seite, dann machten wir uns auf den Weg zu Kenneth. Es hatte längst aufgehört zu regnen und es würde nicht lange dauern, bis die ersten Sonnenstrahlen den kühlen Morgennebel auflösten.

Kenneth schien überrascht, uns so früh am Tag zu sehen. Er arbeitete im Garten und aus seinem Haus wehten Opernklänge.

»Wir müssen mit Ihnen über Bellas Großmutter reden«, erklärte Atlanta. Kenneth klappte ein paar Gartenstühle auf, wischte sie mit einem schmutzigen Malerlappen trocken und bat uns, Platz zu nehmen.

Sein Garten steht in den Top Ten der schönsten Orte von Sunderby ganz oben. Er sieht im Sommer aus wie ein Webteppich blühender Gewächse, der Garten Eden, das Paradies vor dem Sündenfall.

Ich kam auf die Versammlung zu sprechen. »Ich würde gern wissen, was mit Grandma los war. Es hieß, sie standen damals in ihrer Nähe. Können Sie mir sagen, was da passiert ist?«

Kenneth wischte sich die feuchten Hände an seiner farbbespritzten Malerhose ab. »Es war seltsam. Wenn ich es mir genau überlege, sogar sehr. Ich hatte mich neben sie gesetzt, da war noch ein Platz frei und ich mochte sie ja. Sie sagte in den passenden Momenten immer genau das Richtige, zumindest auf diesen Versammlungen. Aber diesmal schien sie nicht bei der Sache zu sein. Sie hatte sich zweimal zu Wort gemeldet, es ging um den Verkauf eines Grundstücks unten am See, doch sie kam nicht zu Wort. Die Versammlung endete, wir standen auf, gingen hinaus und dann passierte es. Sie schrie ganz plötzlich auf, murmelte wirre Sachen und ich stand hilflos daneben.«

»Was hat sie gesagt?«, fragte ich und wagte kaum zu atmen. »Es ist wichtig, bitte denken Sie nach!«

»Das wird leider nichts bringen«, erwiderte Kenneth. »Es ging alles so schnell und ich habe nichts verstanden. Jedenfalls war sie völlig außer sich und bat mich, Sie nach Hause zu bringen. Also habe ich mein Auto geholt und sie gefahren, aber sie hat keinen Ton mehr gesagt.«

»Haben Sie meiner Mutter Bescheid gegeben?«

»Am gleichen Abend noch. Deine Mutter bedankte sich, konnte sich aber auch keinen Reim darauf machen. Vielleicht redest du mal mit ihr, sie hat sicherlich mehr in Erfahrung gebracht.«

Ich schluckte, was für ein Esel ich doch war. Da rannte ich durch den halben Ort und meine Mutter wusste wahrscheinlich längst, was sich abgespielt hatte. Ich griff zum Handy, Mam war schon zuhause.

»Wo steckst du, Schatz?«, waren ihre ersten Worte und

ich konnte hören, dass sie sich Sorgen gemacht hatte. Mist, im Moment lief auch wirklich alles aus dem Ruder.

»Hat Grandma dir erzählt, was auf der letzten Versammlung im Gemeindesaal los war?«

»Sie war wohl ziemlich verwirrt und hinterher schien es ihr peinlich zu sein«, seufzte Mam. »Sie wollte aber nicht darüber reden. Wie kommst du jetzt darauf?«

»Erzähl ich dir später«, murmelte ich, küsste sie durchs Telefon und drückte die Aus-Taste. Jetzt hatte ich eine Portion schlechtes Gewissen mehr, keine Ahnung, wie viel ich davon noch ertragen konnte.

Dann bedankte ich mich beim verrückten Kenneth, der nur halb so verrückt war, wie ich selbst im Moment. Und den ich gerade um alles beneidete, was er besaß: den schönen Garten, die Musik, die Ruhe, die er hier genoss und die mir merklich fehlte. Atlanta schien meine Gedanken zu erraten. »Du musst dich ein bisschen entspannen. Wir gehen an den See, Marko ist heute in der Surfschule. Das wird dich auf andere Gedanken bringen!«

Marko ist der coolste Junge im Ort und wir sind stolz darauf, mit ihm befreundet zu sein. Natürlich kennen wir ihn schon von kleinauf, doch da er etwas älter ist, hat er sich eine Zeit lang nicht mit uns abgegeben. Aber nun ist das anders. Atlanta und ich sind inzwischen dreizehn, sind also fast schon erwachsen und haben die paar Monate Altersunterschied einfach übersprungen.

»Was macht er denn in der Surfschule?«, fragte ich verblüfft. Marko war der beste Surfer, den ich kannte, und brauchte mit Sicherheit keinen Unterricht. Atlanta lachte. »Er zeigt den Touristen, wie es geht, und da er dringend auf Kohle angewiesen ist ...«

Marko stammt aus Kroatien. Nein, das stimmt nicht ganz, seine Eltern kommen von dort. Der Bürgerkrieg hat sie aus ihrer Heimat vertrieben und Marko ist hier geboren. Kroatien besucht er nur hin und wieder. Es gefällt ihm dort genauso gut wie hier und deshalb mag er es nicht, wenn man ihn nach seiner Nationalität fragt. »Ich bin ein reisender Kroate«, sagt er dann, manchmal antwortet er aber auch: »Ich bin der zum Reisen gezwungene Deutsche, das kommt auf die Perspektive an.«

Meine Mutter liebt Marko, weil nur wenige Menschen solch wichtige Sätze denken, geschweige denn sagen. Sie glaubt, dass ein weiser, unglaublich alter Mann in Markos jungem Körper steckt. Und sie spricht jedesmal so respektvoll mit ihm wie mit einem Erwachsenen.

Marko ist Fußballfan. Er schwärmt für Kroaten, die im Ausland ihr Geld verdienen, und sein Liebling ist Luka Modric, der eine Zeit lang in Tottenham gespielt hat. Zufälligerweise ist Atlanta ein absoluter Spurs-Fan und so sind sie und Marko in Kontakt gekommen.

Anfangs unterhielten sie sich über nichts anderes als Spieleraufstellungen, Ablösesummen und Tabellenplätze. Dann erweiterten sie ihre Themen um andere Sportarten wie Surfen oder Wasserskifahren und freundeten sich an. Marko ist ein hellblonder Typ mit athletischem Körperbau und ich hab mich wiederholt gefragt, ob Atlanta vielleicht längst ein Auge auf ihn geworfen hat. Nicht so sehr wegen seines Aussehens, das hat sie vermutlich nicht mal zur Kenntnis genommen, sondern wegen seiner Begeisterung für Tottenham und all der schrägen Sachen, die er sagt.

Die Surfschule hatte noch nicht geöffnet. Wir warfen einen Blick ins Innere des Bootshauses, Marko kniete auf einem Brett und justierte das Segel. »Hey, ihr beiden«, rief er und kam zu uns hinüber. »Tut mir leid, das mit deiner Großmutter.« Er gab mir die Hand und blickte aufs Wasser hinaus. »Wir erinnern, was wir erhalten haben.«

Verwirrt guckte ich Atlanta an, oft konnte sie Markos philosophische Sprüche enträtseln, doch heute zuckte sie nur mit den Schultern.

»Äh ja«, erwiderte ich deshalb einfach. »Das ist sehr nett.«

Und Atlanta grinste.

Dann öffnete Marko eine Kühltasche, zog drei Flaschen Cola hervor und wir setzten uns auf die Planken. Im Bootshaus war es ganz ruhig. Das Wasser klatschte gegen das alte Holz, die dämmrige Stille glich der in einer düsteren Kathedrale, und ich merkte, wie ich müde wurde. Zum ersten Mal seit Tagen und es war ein gutes Gefühl. Atlanta erzählte von meiner Großmutter, unserer morgendlichen Befragung, ich lehnte meinen Kopf an die Wand des

Bootshauses und kam endlich runter. Mein Puls wurde langsamer, das Bild von dem Brief auf meinem Bett verblasste, löste sich auf wie ein böser Flaschengeist. Ein Dschinn, der zurück in die Amphore floh, Korken drauf und zu. Ich wollte nicht mehr daran denken, es war sowieso zu spät und würde niemandem mehr helfen. Mir nicht und Grandma am allerwenigsten.

3. Kapitel

Der nächste Morgen weckte mich mit dem wunderbaren Geruch von Spiegeleiern und Speck und dem sonnigen Beginn meines ersten richtigen Ferientages. Es ist nicht so, dass ich Großmutter binnen weniger Stunden vergessen hätte. Aber die ganze Geschichte mit dem Brief und Grandmas plötzlichem Ableben hatte mich schon sehr mitgenommen und irgendwie schaltete mein Kopf plötzlich um. Vielleicht klingt es herzlos, aber ich wollte eine Weile nicht mehr über traurige Dinge nachdenken, lieber über Spiegeleier und Speck und was es sonst noch an Schönem auf dieser Welt gab.

»Man kann nicht ewig leiden«, sagte meine Mam, als sie mir die fettige Kalorienbombe ans Bett brachte und für sich selbst gleich noch eine Portion dazu. Auf den Spiegeleiern tanzten kleine Petersilienstängel, der Speck war in Ahornsirup gebraten und die Welt schien mit einem Mal wieder in Ordnung.

Eigentlich wäre das der perfekte Moment gewesen, meiner Mam von dem Brief zu erzählen. Aber wie gesagt, ich war froh, dass die Erde sich weiterdrehte und wenigstens so tat, als wäre alles in Butter. Also hielt ich meinen Mund, griff nach dem Teller und schaufelte das Frühstück in mich hinein, als hätte ich tagelang nichts zu essen bekommen.

»Es gibt etwas, das dich sehr freuen wird«, sagte Mam unvermittelt. Erstaunt blickte ich auf, ohne die Spur einer Ahnung, wovon sie sprach. »Nein, diese Überraschung verderbe ich dir nicht«, sagte sie und lachte dieses Lachen, das mich an Tauben denken ließ und an die wundervollen Weiten des Himmels. »Es hat mit zwei Bewohnern von Sunderby zu tun.«

»Soll ich raten?«, fragte ich. Nicht, dass ich Lust gehabt hätte, es fühlte sich gerade nur alles so herrlich normal an.

»Keine Chance, darauf kommst du nie«, erwiderte Mam und nahm mir den Teller ab. »Heute Abend haben wir jedenfalls Gäste.«

»Gäste?« Nun war ich doch etwas irritiert. »Einen Tag nach ...«

»Man muss die Feste feiern, wie sie fallen«, erwiderte Mam, besiegelte diese Tatsache mit ihrem bezauberndsten Lächeln und damit stand es fest: Die Trauerphase im Hause Jennifer und Bella Sander war beendet.

Es war, wie ich sagte, ein wundervoller Tag.

Und er hatte eben erst begonnen.

Am Nachmittag saß ich mit Atlanta auf der kleinen Mauer an der Seepromenade. Unsere Beine baumelten im Wasser und aus der Ferne war das Geschrei badender Kinder zu hören. »Du forschst also nicht weiter?«, fragte Atlanta. Sie guckte über den See und nickte, ganz mechanisch und ohne Emotionen. Irgendwie sah es aus wie das Nicken eines Plastikdackels auf der Rückbank im Auto und ich konnte nicht erkennen, ob sie die Entscheidung ablehnte oder begrüßte, enttäuscht oder froh war.

»Ich glaube nicht, dass Sunderby Hilfe braucht«, erwiderte ich. »Sieh dich um. Allen geht es hervorragend, wir haben Hochsommer und die Leute sind bester Laune. Vielleicht brauchte Grandma Hilfe, vielleicht ahnte sie, dass es zu Ende ging. Es tut mir verflixt leid, dass ich nicht früher da sein konnte. Aber das ist nun einmal so und lässt sich nicht mehr ändern.«

Damit war alles gesagt und erledigt. Denn genau so war und stimmte es. Die Kiste mit dem schlechten Gewissen konnte endlich zugemacht werden, ich drehte den Schlüssel im Schloss, verriegelte sie und warf sie in den See. Ich meinte fast, das Platschen zu hören, als sie auf die Wasseroberfläche traf und das leichte Gurgeln, als sie in den Tiefen des Sees verschwand.

Danach kauften wir uns ein Eis, besuchten Marko in der Surfschule und den alten Joe, einen Fischer, dessen Haut so schrumpelig ist wie das verknautschte Leder eines ausgedienten Fußballs. Joe holt jeden Morgen ein oder zwei Netze Fische aus dem See und davon lebt er. Die Fische im Sunderbysee gelten als Spezialität, werden im ganzen Land verkauft und sind nicht gerade preiswert.

»Das haben wir deiner Großmutter zu verdanken«, sagte Joe jedesmal, wenn ich zu Besuch kam, und spielte auf eine Gemeindeversammlung vor über fünfzig Jahren an. Damals hatte Grandma durchgesetzt, dass die umliegenden Bauern ihre Felder nicht mehr düngen durften und das Seewasser sauber blieb. Gegen viel Widerstand und Protest, aber für die Qualität der Fische und zum Wohl des Ortes.

Diesmal erwähnte Joe es jedoch nicht und ich war ihm dankbar dafür. Stattdessen zeigte er uns, wie man Netze flickte, Knoten band und anderen Schnickschnack und irgendwann fiel uns auf, dass *wir* seine Netze flickten und die ganze Arbeit machten, während er an der Strandbar stand und ein Bier trank. Aber das war in Ordnung, wir mochten Joe schon seit Kindertagen. Er konnte die leckersten Fische grillen, die besten Geschichten erzählen und Wasserrohrpfeifen schnitzen, die man mit Seegras füllte und rauchte. Und er ist der einzige Mensch, den wir kennen, der an das ewige Leben glaubt. Nicht an das nach dem Tod, sondern an das andere, davor. Das ist schon außergewöhnlich, macht ihn irgendwie besonders und wir sind stolz darauf, dass er sich mit uns abgibt.

Später verabschiedete ich mich und ging nach Hause. Da wir Gäste erwarteten, hieß das, wir mussten kochen. Und das war so eine Sache. Mam kann hervorragend backen und die besten Pralinen der Welt zubereiten. Aber mit dem Kochen hat sie es nicht so, und mir geht es ähnlich. Also hatten wir schon vor Jahren beschlossen, dass es zwei Gerichte geben musste, die einfach waren, aber zauberhaft schmeckten, und die wir im Notfall jedem Gast bedenkenlos vorsetzen konnten.

»Welches machen wir?«, fragte ich, als ich nach Hause kam, meine Flipflops von den Füßen kickte und mich auf einen Küchenstuhl setzte.

»Ich dachte an das schlafende Seeungeheuer«, sagte meine Mutter und deutete auf zwei Blöcke tiefgefrorenen Fisch, die auf der Anrichte neben dem Herd auftauten. In einem Ort wie Sunderby zu wohnen und tiefgefrorenen Fisch aus dem Supermarkt zu verzehren, kam einem Schwerverbrechen gleich, aber das war Mam egal. »Solange Joe keine grätenfreien Fische fangen kann, geht es nicht anders«, hatte sie schon vor Jahren erklärt und da Joe keine Fortschritte in diese Richtung gemacht hatte, war alles so geblieben wie immer. Mam kaufte den Fisch im Supermarkt und wir entdeckten in einem Kochbuch für Anfänger das Hammer-Gericht für einen Abend mit Gästen: das schlafende Seeungeheuer. Man legte zwei Blöcke Tiefkühlfisch in eine Kasserole und schmierte eine Pampe aus geraspelten Kartoffeln und Frischkäse darüber. Dann schmorte man das Ganze vierzig Minuten im Backofen und voilà, fertig!

»Vorneweg gibt es einen Salat und zum Nachtisch Schokokuchen.«

»Das müssen ja wichtige Gäste sein, wenn wir ein Drei-Gänge-Menü zaubern«, sagte ich und grinste Mam erwartungsvoll an. Doch ihre Lippen blieben versiegelt, offenbar hatte sie beschlossen, den Abend tatsächlich zu einer Überraschung werden zu lassen.

Also machten wir uns an die Arbeit, wuschen den Salat und raspelten die Kartoffeln, schoben die Kasserolle in den Herd und als alles fertig war, stoben wir in unsere Zimmer, um uns zu stylen. »Chic, halbchic oder schlumpfig?«, fragte ich noch, doch die Antwort war klar, wenn es sogar Salat und Schokokuchen gab, mussten wir uns chic machen, sehr chic sogar. Ich wählte ein beiges, schulterfreies Sommerkleid, das meine rostbraunen, langen Haare hervorragend zur Geltung brachte. Um das rechte Armgelenk band ich eine Kette aus Muscheln, schlüpfte in meine Espandrillos und betrachtete das Ergebnis im Spiegel.

»Du siehst hervorragend aus«, sagte Mam, aber ihr eigenes Erscheinungsbild toppte mal wieder alles. Sie trug nur ein schwarzes, knielanges Kleid, keinen Schmuck und keine Schuhe, aber dennoch hätte sie auf der Titelseite einer Illustrierten bestehen können. Das Geheimnis ihrer Ausstrahlung lag in ihrem schmalen Gesicht und den katzengrünen Augen, die perfekt zu den braunen Haaren passten.

In diesem Moment klingelte es auch schon und ich ging zur Tür.

Egal, wer heute zu Besuch kam, unsere Gäste waren aus Sunderby, also kannte ich sie. Umso erstaunter war ich, als ein gut aussehender Typ meines Alters vor der Tür stand, den ich nie zuvor gesehen hatte. Vor Überraschung fiel meine Kinnlade herunter wie die Ladeklappe einer Mittelmeerfähre, und ich muss ziemlich dämlich ausgesehen haben.

»Mein Vater kommt gleich«, sagte der Typ. Er steckte in einer Lederjacke, ausgewaschenen Jeans und seine hellbraunen Haare waren definitiv noch nie mit einem Kamm in Kontakt geraten.

Himmel, wie konnte man nur so gut aussehen?

»Äh ja, hallo«, stammelte ich. Ich wich keinen Zentimeter zur Seite, versperrte in meinem beigen Sommerkleid den Eingang zum Haus und suchte nach Worten. »Ich bin Bella«, fiel mir ein, ich glaubte, das hatte ich noch nicht gesagt.

»Candy, ich bin's.«

Candy. Es gab nur einen Menschen auf der Welt, der mich so nannte, aber den hatte ich zum letzten Mal gesehen, als ich mit acht Jahren von der Schaukel gefallen war. Anschließend hatte er mir ein Eis spendiert und wir waren händchenhaltend in den See gesprungen, trotz des vorhergesagten Gewitters und den rot leuchtenden Sturmlampen am Ufer. Nur wenige Tage später hatten er und sein Vater Sunderby verlassen und waren in die USA gezogen.

»Justin?« Ich straffte die Schultern und schüttelte den Kopf. Der Typ war auf keinen Fall Justin. Er war viel älter, eindeutig hübscher und über seinen Wangenknochen lag ein Meer aus Sommersprossen. Das hier sollte mein wichtigster Freund aus Kindertagen sein, meine zweite Hälfte, mein anderes Ich? Nein, das war völlig unmöglich. Wo waren die Zahnspange, die Pausbacken, die er so lustig aufblasen konnte wie ein Frosch, und wo die gezackte Narbe, die er sich zugezogen hatte, als er mit einer Limoflasche über einen Pflasterstein gestolpert war? Mein Blick suchte seine rechte Hand und da war sie tatsächlich, die Narbe, zwischen Daumen und Zeigefinger, es gab keinen Zweifel. Auch die Grübchen an den Mundwinkeln waren noch da und das lustige Zwinkern der Augen. Zugegeben, der Blick war ernster als früher, das Gesicht scharfkantiger, die Haare wilder …

»Siehst gut aus, Candy. Echt klasse!«

»Justin«, sagte ich und schnappte nach Luft. »Was machst du hier, wieso bist du … wohnt ihr jetzt wieder …?«

»Lass mich doch erst einmal rein.« Justin sprach mit amerikanischem Akzent, der Buchstabe R schrammte über seine Lippen, als hätte er sich an den Zähnen verhakt. Und weil ich mich immer noch nicht von der Stelle bewegte, zog er mich in eine Umarmung, wirbelte mich herum und zwängte sich seitlich an mir vorbei durch die Tür.

»Na, ist das nicht eine Überraschung?«, zwitscherte meine Mam und warf einen Blick nach draußen. »Wo ist denn Tom?«

»Hey, Jennifer«, erwiderte Justin, zog die Jacke aus und warf sie über einen Sessel im Wohnzimmer, fast so, als wohnte er hier oder wäre nie weggewesen. »Dad kommt gleich. Ich bin früher los, wollte unbedingt Candy sehen …«

Candy, du meine Güte, wie lange hatte ich diesen Spitznamen nicht mehr gehört. Aber er passte nach wie vor, ich sammele immer noch Süßkram aus aller Welt und das halbe Internat hilft mir dabei. Meine neuesten Entdeckungen waren Heidelbeeren in Schokolade aus Schweden, Atomic Fireball aus den USA und Pastiglie Leone aus Italien. Die mit Minzgeschmack und Himbeere, Zimt ist widerlich.

Justin spazierte in die Küche und warf einen fachmännischen Blick in den Ofen. »Ah«, sagte er und grinste, »das schlafende Seeungeheuer?«

Justin. Es war fantastisch, dass er wieder hier war. Unglaublich, wie umwerfend er aussah, und erstaunlich, was ein paar Jahre in der Fremde aus einem Menschen machen konnten. Es würde mich sicher noch einige Anstrengung kosten, meinen geliebten Kinderfreund mit diesem coolen Typen in Verbindung zu bringen, aber beide waren eindeutig dieselbe Person. Nur ich hatte mich nicht verändert, was ein bisschen schade war, denn solch eine Wandlung hätte ich auch gern durchlebt: Vom pausbäckigen Wildfang zum Traumtyp; in meinem Fall von der rothaarigen Raupe zum Schmetterling und Supermodel.

In diesem Moment kam Justins Vater herein. Mit lautem Hallo umarmte er erst meine Mutter, dann mich, und als wir uns endlich an den Küchentisch setzten, das Essen aus dem Herd holten, ein paar Kerzen anzündeten und alle wie wild durcheinanderplapperten, hatte ich fast das Gefühl, inmitten einer richtigen, großen Familie zu sitzen.

4. Kapitel

An meinem siebten Geburtstag hatte ich begonnen, eine Liste anzulegen. Ich nannte sie die *Liste möglicher Väter* und von Anfang an hatte Justins Vater draufgestanden, an der Pole Position auf Platz eins. Meine Mutter hatte mir nie erzählt, wer mein Vater war, also musste ich mir selbst überlegen, wer infrage kam. Und meine erste Wahl fiel auf Tom. Er war groß, herzlich und Mam lachte immer so ausgelassen, wenn er da war. Und das gefiel mir.

Dann entdeckte Mam die Liste und fand sie gar nicht lustig, vermutlich weil der halbe Ort darauf stand. Ich bekundete mit der Liste das Interesse an meiner Geschichte, Mam empfand sie als Frechheit. Am meisten regte sie sich darüber auf, dass ich nicht nur an Tom als möglichen Kandidaten gedacht hatte, sondern auch an den alten Joe und den damaligen Mann von Jeanette, einen ungehobelten Typen mit dicker Brille und einer Warze im Gesicht. Das war der Zeitpunkt, an dem sie mir von meinem Vater erzählte (einem Touristen, den sie auf dem Seefest kennen gelernt hatte), und damit waren alle Vermutungen und jahrelangen Überlegungen mit einem Schlag zunichte.

Am meisten tat es mir um Tom leid, ich glaube bis heute, dass er sich über eine Tochter wie mich gefreut hätte.

Diese und ähnliche Gedanken gingen mir durch den Kopf, als ich am nächsten Morgen aufwachte. Nach dem langen und aufregenden Abend hatte ich tief und fest durchgeschlafen.

»Was machst du heute?«, fragte Mam, als wir beim Frühstück saßen und versuchten, den Geschirrberg im Spülbecken zu ignorieren.

»Ich werde durch den Ort bummeln«, entgegnete ich. »Mit Justin ... mal sehen. Vielleicht fahren wir mit dem Schiff raus ... oder gehen baden.«

Der Satz wurde immer langsamer. Wie der Motor eines Oldtimers, dem stotternd die Kraft ausging. Überrascht blickte meine Mutter auf. »Was ist denn los? Fandest du es nicht toll gestern?«

Ich nickte, stockte, schüttelte den Kopf. »Natürlich ist es klasse, dass sie wieder hier sind. Aber ... Justin ist mir noch ziemlich fremd und es ist nicht so einfach.«

»Glaub mir, das gibt sich«, sagte Mam und zwinkerte mir zu. »Aber etwas seltsam war es schon, dass sie wussten, was es zu essen gab.«

»Machst du Witze?«, erwiderte ich. »Vielleicht sollten wir uns mal eine Woche Auszeit nehmen und zwei weitere Gerichte lernen?«

»Um Gottes willen«, rief Mam und ging ins Bad. »In Zukunft lassen wir uns von den beiden einladen, auf Hamburger und amerikanischen Krautsalat stehe ich sowieso.«

Ich erwiderte etwas, das nach einem Grunzen klang, erbarmte mich und erledigte den Abwasch. Dann schlüpfte ich in meine Flipflops, griff nach meiner Tasche und machte mich auf den Weg.

Das Haus, in dem Tom und Justin – nun wieder – wohnten, liegt schräg hinter dem unseren, und wenn man sich bemüht, kann man von unserem Küchenfenster in ihr Schlafzimmer gucken oder anders herum. Früher eine recht praktische Sache, vor allem wenn Justin und ich Hausarrest bekamen. Wir hatten eine Zeichensprache entwickelt, mit der wir in Notfällen kommunizieren konnten. Ausgestreckter kleiner Finger – es nervt. Daumen berührt Zeigefinger – Eltern sind blöd. Ausgestreckter Zeigefinger – morgen sind wir frei. Und alles, was man sich sonst noch so schrieb, wenn man das Gefühl hatte, für eine lange Zeit seiner Freiheit beraubt worden zu sein.

»Hab mich schon gefragt, wann du kommst«, sagte Justin, er stand vor der Haustür und an sein Lächeln musste ich mich erst noch gewöhnen.

Es war seltsam unsymmetrisch und wirkte eine Spur arrogant.

»Nimm deine Badesachen mit«, sagte ich deshalb nur.

»Da muss ich wohl mit den Shorts ins Wasser, die Klamotten sind noch im Koffer. Können wir erst mal den Ort besichtigen?«

Natürlich konnten wir das und ich nickte.

Als Erstes besuchten wir Linda Grehn, die pensionierte Lehrerin von Sunderby. Sie ist klein und zierlich und hat so etwas damenhaft Englisches an sich, dass sie von allen nur Miss Grehn genannt wird.

Schon meine Mutter war bei ihr zur Schule gegangen und Justin hatte sich bereits als Kind mit ihr angefreundet. Miss Grehn strich ihm zur Begrüßung über die Haare (so wie sie das früher schon getan hatte) und lud uns auf ein Stück Kirschstreusel mit Sahne ein. »Achte auf die Kerne«, wisperte ich, denn die alte Dame war bekannt dafür, dass sie ihr Obst nur schlampig entsteinte, halb Sunderby hatte sich an Miss Grehn und ihrem Kuchen schon die Zähne ausgebissen. Doch Justin schüttelte nur den Kopf, sah mich aus katzenschmalen Augen an und ich stellte fest, dass ich seine Mimik nicht mehr deuten konnte. Früher hatte ein Blick genügt, um zu wissen, was der andere dachte. Heute nicht mehr und das verunsicherte mich. Mam sagt immer, dass Mädchen, die sich von Jungs verunsichern lassen, gruseliger seien als die Tatsache, dass es nur sieben Weltwunder gab. Vielleicht hat sie die Weltwunder nie lernen und aufsagen müssen, ich bin jedenfalls ganz froh darüber, dass es nicht dreizehn oder hundert sind. Und dass Jungs Mädchen verunsicherten, fand ich eigentlich auch ganz normal, nur zwischen Justin und mir nicht. Da gehörte es einfach nicht hin und war mir unbehaglich.

Nachdem wir beide drei Stück Kuchen gegessen hatten,

bummelten wir zum See. Ich hatte Atlanta und Marko per SMS informiert und sie warteten schon auf uns. Wir setzten uns auf den Steg im Bootshaus der Surfschule und Marko ließ ein paar Flaschen Cola springen. »Erzähl, bist du ordentlich rumgereist und hast was vom Land gesehen?«, fragte er, seine Freude an Geschichten aus der Ferne war unüberhörbar.

»Die ersten Jahre nicht«, erwiderte Justin. »Dad arbeitete bei einer großen Railway Company im mittleren Westen und ich bin dort zur Schule gegangen. Vor einiger Zeit haben wir die Zelte abgebrochen, einen Road Bear gemietet und sind durchs Land gefahren.«

»Einen Road Bear?«, fragte Atlanta.

»Einen Camper«, erklärten Marko und ich wie aus einem Mund. Aber Marko wusste noch mehr. »Wohnmobil, amerikanisches Fabrikat.«

Justin nickte. »Wir haben Las Vegas gesehen, waren im Grand Canyon und haben in der Wüste übernachtet.«

»Super und ... klasse, dass du wieder da bist«, sagte Atlanta und ihr sonst so blasses Gesicht war ganz rot vor Aufregung.

»Find ich auch«, sagte Marko. »Du musst haarklein berichten ...«

Justin ließ sich nicht lange bitten, ich glaube, er war einfach voll von Erlebnissen und hatte lange Zeit ohne Freunde verbracht. Außerdem konnte er fantastisch erzählen und hatte natürlich jede Menge erlebt. Einige seiner Geschichten hatte ich gestern Abend bereits gehört, und wenn

Justin etwas erwähnte, das ich schon kannte, grinste er mich an und zwinkerte mir zu oder lehnte sich gegen meine Schulter und wisperte mir ein *Sorry* ins Ohr. Eigentlich hätte mich das kalt lassen müssen, schließlich war es Justin und mit ihm hatte ich schon so einiges erlebt. Dies war der Junge, der im Winter stundenlang halb erfrorene Schnecken angehaucht hatte, um sie wieder zum Leben zu erwecken. Der mir ein weich gekochtes Ei in die Schultasche gesteckt hatte, um mich zu ärgern, und der gemeinsam mit mir in einem Bett übernachtet hatte, wenn unsere Eltern auf dem Seefest waren.

Aber es ließ mich nicht kalt. Die frühere Vertrautheit war noch nicht wiederhergestellt. Gleichzeitig hätte ich im normalen Leben einen dermaßen gut aussehenden Typen nicht kennengelernt und das war so skurril, dass ich schon nach wenigen Minuten Kopfschmerzen bekam. Justin bemerkte es nicht, er unterhielt sich mit Atlanta und Marko und ich fand es befremdlich, wie er die Worte betonte, sie erst langzog wie Kaugummis und ihre Endungen dann verschluckte. Dabei blickte er sein Gegenüber aus schmalen, leicht zusammengekniffenen Augen an und das wirkte äußerst gelangweilt und fast ein bisschen arrogant.

Während ich ihn beobachtete, wurde mir plötzlich ganz heiß und ich befürchtete eine Fieberattacke, auch wenn mir nicht klar war, wie mich das an einem Sommertag am See erwischen konnte.

Atlanta riss mich aus meinen Gedanken. »Bella, hörst du noch zu?«

Justin lachte. »Für Candy wiederholt es sich. Ich glaube, ihr seid jetzt dran. Mich interessiert brennend, was ihr erlebt und ich verpasst habe.«

»Jede Menge«, quiekte Atlanta und begann so bildhaft und schön zu erzählen, dass ich schon dachte, ich sei selbst jahrelang fort gewesen. Und sie ließ wirklich nichts aus. Weder den Hund der Maulmanns, der im letzten Sommer beinahe überfahren worden war, noch den Trubel beim letzten Seefest, als es fast zu einer Schlägerei gekommen wäre, oder den Einbrecher, der in Sunderby ein paar Häuser leer geräumt hatte, bis er von Kenneth Korkum auf frischer Tat ertappt worden war.

»Es ist faszinierend«, sagte Justin, »aber in Sunderby geht alles gut aus. Das war früher schon so und scheint sich nicht geändert zu haben.«

Wir anderen guckten ihn verblüfft an und schwiegen, denn auf eine seltsame Art stimmte das, wirkliche Katastrophen gab es hier kaum. Stets war es nur ein *Beinahe* oder *Fast*, unheilvolle Begebenheiten blieben im Ansatz stecken, Streitigkeiten renkten sich urplötzlich wieder ein und alles, was schlecht begann, endete in eitel Freude und Sonnenschein. »Ist mir noch nie so deutlich aufgefallen«, sagte Atlanta. »Aber irgendwie hast du recht.«

»Mit einer Ausnahme allerdings«, sagte ich und kam auf Grandma zu sprechen, erzählte von dem seltsamen Brief und ihrem plötzlichen Ableben, und alle stimmten mir zu, dass diese Sache nicht so gut ausgegangen war.

Das Schicksal hatte meiner Großmutter und mir einen bösen Streich gespielt, da waren wir uns einig.

In diesem Moment klingelte Justins Handy.

»Dad braucht mich«, sagte er und zuckte bedauernd mit den Schultern. »Fahren wir am Nachmittag über den See?«

»Ich kann ab zwei«, sagte Marko, alle nickten einvernehmlich, Justin sprang auf und Atlanta zog mich aus dem Bootshaus.

»Und jetzt erzähl«, sagte sie, als wir über die Strandpromenade bummelten. »Candy und Justin, das war doch *die* Lovestory im Kiddyformat. Dich muss es ja förmlich umhauen, so wie er nun aussieht!«

»Das konnte ja keiner ahnen«, seufzte ich und Atlanta lachte.

»Was? Dass er wiederkommt oder dass er sich so verändert hat?«

»Beides«, erwiderte ich.

»Aber das ist doch was Tolles. Du hast deinen Freund wieder und er ist auch noch mächtig hübsch verpackt. Eine klassische Win-win-Situation.«

»Aber Justin ist einfach nicht mehr derselbe. Er ist nicht mehr so süß und knuddelig wie früher. Es fühlt sich irgendwie ... fremd an mit ihm.«

»Fremd?«, fragte Atlanta und zog die Augenbrauen hoch.

»Er ist so, weiß nicht, irgendwie unnahbar. Und dann sieht er auch noch umwerfend aus und ich stehe wie Aschenputtel daneben.«

»Au, Mann.« Atlanta schüttelte den Kopf. »Ihr habt offenbar keine Spiegel zuhause, aber wenn doch, wirf mal einen Blick rein.«

Und dann sagte sie nichts mehr, weil sie sauer war, das kannte ich schon.

Atlanta mag es nicht, wenn ich mich kleiner mache, als ich bin, aber sie versteht einfach nicht, dass ihre Sicht der Dinge nicht unbedingt meine ist. Mein gutes Aussehen beschränkt sich auf meine Haare, die rotbraune Farbe ist echt und wirkt wie gemalt. Leider habe ich aber nicht die katzengrünen Augen meiner Mutter und auch nicht ihr schmales Gesicht, meins ist breiter und die Farbe meiner Augen erinnert mich an eine Schuhcreme für Winterstiefel. Und das Schlimmste ist: Wenn ich lache, zeigen sich bereits Falten, das muss man sich mal vorstellen. Ich bin erst dreizehn!

Bei dem Gedanken daran, wie viele Falten ich wohl mit dreißig habe, wird mir ganz schlecht und ich bedauere zutiefst, nicht in Indien geboren worden zu sein. Bei Mahatma Ghandi und Mutter Theresa sahen Falten gut aus, doch bei mir ist das anders.

Außerdem bin ich ziemlich dünn, fast mager, und egal wie viel Schokozeugs ich in mich hineinstopfe, es ändert nichts. Seltsamerweise hält Atlanta mich für hübsch, aber ich kenne niemanden sonst, der das ähnlich sieht, und deshalb nerven mich solche Gespräche grundsätzlich.

»Das mit Justin verwirrt mich einfach«, sagte ich deshalb nur, warf ihr eine Kusshand zu und lief nach Hause.

Mam war in der Chocolaterie. Sie hatte zwar alle Hände voll zu tun, winkte mich aber dennoch rein und dirigierte mich ins Hinterzimmer. Dort griff sie nach einem Stapel Briefe und wedelte damit wild durch die Luft. Es war witzig, aber Mam bekam in Zeiten von E-Mails immer noch Post. Doch nicht nur sie, heute war auch was für mich dabei. *Anwaltskanzlei Torke und Söhne* stand auf zwei identisch aussehenden Umschlägen, der eine war an meine Mutter adressiert, der andere an mich. Ich hatte noch nie Post von einem Anwalt bekommen und schon jetzt war klar, dass dies ein besonderer Tag werden würde.

»Was kann das sein?«, fragte ich.

»Ich vermute, es geht um Großmutters Testament«, sagte Mam, nahm ihren Brief in die Hand und wartete, bis ich so weit war. Denn das war die Regel: Bekamen wir beide Post, mussten wir sie zeitgleich öffnen. Und wer unfair spielte oder sich einen Vorsprung verschaffte, sollte auf ewig in der Hölle schmoren.

»Großmutter hat ein Testament gemacht?«, fragte ich verblüfft. »Aber wozu? Sie hatte doch niemanden außer uns.«

»Schlimm genug«, erwiderte Mam und ihre Füße trommelten einen schnellen Takt auf den Fußboden. »Bist du endlich so weit?«

Meine Mutter ist die ungeduldigste Person, die ich kenne.

Vermutlich glühte der Brief bereits in ihren Fingern oder sie befürchtete, er würde sich in Luft auflösen, wenn sie auch nur eine Sekunde länger wartete.

»Los geht's«, sagte ich, öffnete den Umschlag und fühlte mich einen schrecklichen Moment lang an den Brief von Grandma erinnert. Dann zogen Mam und ich zwei säuberlich gefaltete Papiere aus den Kuverts und legten sie auf den Küchentisch.

»Blabla ...«, las meine Mam, »freuen wir uns, blabla, Sie in unserer Kanzlei begrüßen zu dürfen in der Sache *Nachlass Emilia Sander.*«

Sie strich mit dem Zeigefinger übers Papier und blickte mich triumphierend an. »Siehst du, es geht ums Testament. Ist aber nichts Aufregendes, Mutter hat davon erzählt. Wir erben das Haus am Bruchwald. Sie wollte es nur so korrekt wie möglich machen und sie liebte Anwaltskanzleien.« Ein wehmütiger Ausdruck schlich sich in ihr Gesicht, unwillig schüttelte sie den Kopf. »Wann wollen wir fahren?«

»Hmmh.« Die Kanzlei lag in der nächstgrößeren Stadt, wir würden sicher den halben Tag unterwegs sein. Und das bei diesem Wetter und jetzt, wo die Sommerferien gerade begonnen hatten.

»Hat das nicht noch ein bisschen Zeit?«, fragte ich vorsichtig. »In zwei Tagen oder so? Du weißt schon, ich wollte ...«

»... die Zeit am See verbringen«, sagte Mam und lächelte. »Das passt mir auch. Dann verabrede ich einen Termin für übermorgen, am besten in aller Frühe, und danach gehen wir shoppen. Was meinst du?«

Das klang nach einem wunderbaren Plan. Nach vielen

Tüten, die wir kaum schleppen konnten, und langen Abendstunden vor dem Spiegel. Ich quietschte vor Vergnügen, küsste meine Mutter und genehmigte mir zwei Stück Schokokuchen und ein großes Eis. Dann half ich eine halbe Stunde lang beim Bedienen der Kunden und machte mich kurz vor zwei Uhr auf den Weg zum See.

Justin, Marko und Atlanta waren schon da.

»Stellt euch vor, es kamen zwei Briefe von Großmutters Anwalt«, erzählte ich meinen Freunden. Wir setzten uns auf die Mauer der Strandpromenade und diskutierten die Notwendigkeit von Testamenten und anderen Notfallplänen vor und nach dem Tod. Jeder von uns vertrat einen anderen Standpunkt, hatte verschiedene Beispiele parat und eine Menge zu erzählen.

»Wenn du einen eigenen Brief bekommen hast«, sagte Justin plötzlich, »hast du auch etwas eigenes geerbt.«

»Mam und ich werden das Haus am Bruchwald bekommen.«

Justin zwinkerte mir zu. »Das und vielleicht noch etwas anderes?«

Aber keiner von uns kannte sich mit so etwas aus und folglich ließen wir das Thema fallen, nach außen hin zumindest. Insgeheim hatte ich das Gefühl, dass wir im Stillen weiter überlegten, ob Grandma mir nicht doch noch etwas Persönliches vererbt hatte, und es war klar, woran wir dachten. Eventuell gab es eine nachträgliche Erklärung für ihren Brief oder den Umstand, dass sie Hilfe für Sunderby angefordert hatte.

Keiner von uns sprach es an, ich schon gleich gar nicht, dennoch schwebte diese Idee durch den gesamten Nachmittag. Ich konnte es an den Blicken der anderen spüren. An dem stillen Luftholen, wenn sie mich ansahen, aber nicht mit mir sprachen, weil sie glaubten, ich würde es nicht bemerken. Der Gedanke hatte sich einfach in uns festgesetzt und einmal da, verschwand er auch nicht mehr. Nicht auf dem Schiff, mit dem wir über den See fuhren. Nicht beim Eisessen auf der Strandpromenade und auch nicht, als wir uns für den nächsten Tag verabredeten.

»Sie hat dir etwas vermacht, Candy«, flüsterte mir Justin ins Ohr, als wir uns am frühen Abend vor meiner Haustür verabschiedeten. Seine Umarmung roch nach gegerbtem Leder und kühl-herbem Shampoo und keine zwei Sekunden später beschloss ich, meine Mutter zu bitten, den Termin beim Anwalt vorzuverlegen.

5. Kapitel

Die Kanzlei *Torke und Söhne* hatte schon bessere Zeiten gesehen. An den Hauswänden blätterte die Farbe ab, die hölzernen Jalousien waren rissig und das Kupferschild am Eingang hatte Grünspan angesetzt. »Bist du sicher, dass wir hier richtig sind?«, fragte Mam. »Das ganze Ambiente erinnert mich an Philippe Marlowe, diesen zweitklassigen Detektiv aus den Romanen von Chandler.« Kichernd betraten wir das Haus, tappten durch einen dunklen Flur in den ersten Stock hinauf und standen schließlich vor einer hässlichen Tür aus Milchglas. Daneben befand sich eine Klingel.

»Noch können wir umkehren«, wisperte Mam, sie liebte skurrile Situationen und diese gehörte ganz offenbar dazu.

Ich grinste, drückte auf die Klingel und die Tür öffnete sich. Im Innern des Büros roch es nach Schmorbrand und Nikotin, für den intensiven Geruch waren ein alter Ventilator und eine kettenrauchende Sekretärin verantwortlich. Beide arbeiteten auf Hochtouren. Langsam und etwas unsicher traten wir ein. »Wir haben einen Termin«, erklärte Mam.

»In welcher Angelegenheit?«, fragte die Sekretärin, sie stand über einen Berg von Akten gebeugt und blickte nicht einmal auf.

»In der Angelegenheit Emilia Sander«, sagte Mam und schien nun doch etwas irritiert. »Falls wir hier überhaupt richtig sind.«

»Alles korrekt, Sie haben einen Termin.«

Und als hätte er nur auf sein Stichwort gewartet, trat ein weißhaariger Mann aus einer Doppeltür, geleitete uns in sein Büro und hier sah es schon wesentlich besser aus: dicke Teppiche dämpften unsere Schritte, die Wände waren voller Bücherregale und in der Mitte des Raumes stand ein riesiger Schreibtisch. Wir setzten uns auf die Stühle vor dem Tisch, der Anwalt auf den Stuhl dahinter.

»Es geht um ihre Mutter und Großmutter«, begann er, hustete und sah in seinen Papieren nach. »Emilia Sander, geboren am ...

Ein endloser Strom an Worten zog an uns vorüber und weil er nicht enden wollte, begann ich über den seltsamen Umstand nachzudenken, dass Großmutter ausgerechnet in dieser Kanzlei gelandet war. Sie hatte Zeit ihres Lebens einen gewissen Wert auf Wohlstand gelegt, auf Chic, Etikette und Höflichkeit. Nichts davon war hier zu finden und langsam beschlich mich der Gedanke, dass Grandma in den letzten Wochen ihres Lebens vielleicht doch ein wenig wunderlich geworden war. »Wann war meine Großmutter bei Ihnen?«, platzte es aus mir heraus, der nicht enden wollende Fluss aus Worten versiegte und der Anwalt starrte mich an. »Vor, warten Sie, exakt drei Wochen.«

»Und was genau hat sie in ihrem Testament bestimmt?«, fragte Mam, die Ungeduld fraß sie wahrscheinlich schon innerlich auf.

»Nun, ich lese es Ihnen vor.« Der Mann zog ein Schriftstück aus einer Aktenmappe und öffnete es. *»Das Haus am Bruchwald vermache ich meiner Tochter inklusive aller sich darin befindenden Gegenstände. Meine Sparkonten vermache ich ebenfalls meiner Tochter abzüglich der Summe von 20.000 Euro für Bella und ihre Ausbildung.«*

»Abzüglich 20.000 Euro?«

»So ist es«, erwiderte der Anwalt. »Alles in allem beläuft sich die Summe der Barschaft von Emilia Sander auf circa 250.000 Euro.«

Mam und ich glotzten uns an wie zwei Goldfische im Wasserglas, das war einfach nicht möglich! Großmutter hatte stets betont, dass sie zum verarmten Adel gehörte, das waren die, denen nichts geblieben war. Menschen, die von Politik und Zeit überrollt worden waren.

»Sie müssen sich irren«, stammelte Mam. »Es ging ihr nicht schlecht, aber … ich habe manchmal etwas beigesteuert.«

»Frau Sander erwähnte es und bat mich, Ihnen zu sagen, dass jeder Cent gut angelegt wurde.« Jetzt wandte sich der grauhaarige Herr an mich und las weiter. *»Meiner Enkelin vermache ich zusätzlich ein Schmuckstück, das mehr wert* *ist als alles andere. Sie darf es niemals verleihen, verschenken oder verkaufen und nur sie kann es.«*

»Was kann ich?«, fragte ich. »Es nicht verleihen, verschenken oder verkaufen?«

In meinem Kopf begann sich schon alles zu drehen.

»Psscht«, machte Mam.

Und der Anwalt schob eine Schatulle über den Tisch.

Sie hat dir etwas vermacht, Candy.

Justin hatte recht behalten.

Dennoch hatten wir an etwas anderes gedacht. An einen Brief oder Aufzeichnungen, die Großmutters letzte Andeutungen erklärten, sie aber hatte mich mit einem Schmuckstück bedacht. Ich griff nach der Schatulle und öffnete sie – auf rotem Samt lag ein silberner Ring.

»Das ist *ihr* Ring«, sagte Mam und klang ganz ehrfürchtig. »Sie trug ihn, seit ich denken kann, und legte ihn nie ab. Ich habe mich in den letzten Wochen schon gewundert ...« Sie fischte das Schmuckstück aus der Schatulle und hielt es gegen das Licht. »Schade, es ist nichts eingraviert.«

Ich nahm ihr den Ring aus der Hand und steckte ihn an, er passte wie angegossen. Und er sah toll aus, schlicht und dennoch edel.

»Wunderschön, den leg ich nicht mehr ab.«

»Manchmal bist du deiner Großmutter schon sehr ähnlich«, erwiderte Mam, bedachte den Anwalt mit ihrem bezaubernsten Lächeln, und während ich mich auf meinem Stuhl zurücklehnte und den Ring an meiner Hand bewunderte, erledigte meine Mutter die Formalitäten.

Gefühlte zwei Stunden später verließen wir endlich die Kanzlei *Torke und Söhne*. Das Sonnenlicht blendete uns, als wir auf die Straße traten. Mam griff nach meiner Hand und zog mich in das Gewirr der Gassen, fort von der Kanzlei. Als wir weit genug weg waren, blieben wir stehen und kreischten und lachten einfach drauflos. Ich wusste, dass es bei Mam um mehr ging als das Geld. Es war die größte Anerkennung, die sie je von ihrer Mutter erhalten hatte, und das wog schwer. Grandma hatte es schließlich doch noch geschafft, Mam zu zeigen, wie viel sie ihr bedeutet hatte, und das war für Mam extrem wichtig, vielleicht sogar existenziell. Mam war so glücklich, dass sie sogar ein bisschen weinen musste, und ich heulte gleich mit. Schließlich zog ich ein Päckchen Tempos aus der Hosentasche, wir schnäuzten uns, trockneten die Tränen und als wir innerlich und äußerlich wiederhergestellt waren, beschlossen wir, endlich shoppen zu gehen. Nicht nur so ein bisschen, sondern richtig. Schließlich waren wir jetzt reich und das verdankten wir Großmutter.

Wir begannen in den großen Kaufhäusern und machten in kleineren Boutiquen weiter, kein Geschäft war an diesem Tag vor uns sicher. In einem Hutladen probierten wir Hüte, bei *Palmers* kauften wir BHs und Höschen aus rosa Satin, dazu gab es auch noch neue Bikinis. Und schließlich schlenderten wir ins *Glanz und Gloria*, denn das war unser Lieblingsladen. Auf Anhieb fanden wir zwei tolle Kleider, das von Mam war dschungelgrün. Auf einem Schal wanden sich Lianen um hellgrüne Blätter und der

Schal wand sich um meine Mutter, mehr gab es dazu nicht zu sagen. Mir blieb ganz einfach die Spucke weg.

Ich selbst fand ein schlichtes, ärmelloses Kleid in gebrochenem Weiß mit einem Dekolleté aus Spitze.

»Fantastisch«, rief meine Mutter quer durch den Laden. »Das nehmen wir, genau das Richtige fürs Seefest!« Dann schlug sie sich an die Stirn und wurde blass. »Wie konnte ich das nur vergessen? Schatz, wir nehmen die Kleider, zieh dich um und komm!«

Ich war etwas überrascht über den plötzlichen Stimmungsumschwung, aber meine Mutter wollte nicht sagen, was los war. Erst als wir bezahlt hatten und mit unseren Tüten im nächsten Café saßen, machte sie den Mund auf. »Großmutter hat mich um etwas gebeten«, sagte sie, nachdem wir zwei Latte Macchiato bestellt hatten. »Es erschien mir nicht wichtig, ich habe gar nicht mehr daran gedacht und dann war ja auch noch ...«

»Mam«, stöhnte ich.

»Also, Grandma hat doch jedes Jahr auf dem Seefest die einführenden Worte gesprochen, du weißt schon, die Festrede auf Sunderby.«

Natürlich wusste ich das, so wie jeder andere in Sunderby auch. Seit Urzeiten hatte Großmutter das Fest mit einer Rede eröffnet, der Text hatte sich nie geändert und ich konnte ihn auswendig: *In den Irrtümern der Zeit steckt das Geheimnis unseres Ortes, in den Verfehlungen seine Möglichkeiten. Sunderby ist nicht, was geschieht, sondern das, was nicht geschieht.* Oder so ähnlich. Am Ende ihrer Rede hob Großmutter ihr Glas, prostete den Anwesenden zu, und während hinter den Hügeln die Sonne unterging, wurden die Fackeln am Seeufer angezündet und brannten die ganze Nacht.

»Es war ihr Wunsch, dass du diese Rede hältst, falls sie …«

»Ich?«, japste ich und schnappte nach Luft. »Sie wusste doch, dass ich nicht gern vor Publikum stehe. Und dann auch noch beim Seefest … Das kann ich nicht machen, Mam … «

Doch plötzlich schoss mir ein völlig anderer Gedanke durch den Kopf und ich wurde erst recht nervös. »Wann genau hat sie dir das gesagt? Vor dieser seltsamen Gemeindeversammlung oder danach? Das ist wichtig, bitte denk nach!«

Das tat meine Mutter und kam ganz offenbar zu dem Schluss, dass ich mich äußerst seltsam verhielt. Denn das war der große Nachteil an Müttern, egal, wie gut man sich mit ihnen verstand: Sie hatten das Produkt ihrer eigenen Erziehung vor der Nase und wussten auf den Punkt genau, wenn etwas nicht stimmte. Erst guckte sie mich stirnrunzelnd an, und dann (das konnte ich an der Falte über ihrer Nasenwurzel sehen) begriff sie, dass sie etwas verpasst haben musste.

»Raus mit der Sprache«, sagte sie nur und erinnerte mich in diesem Moment heftig an Atlanta. Beide hatten diese Kraft, die jeden sorgsam errichteten Schutzwall der eigenen Psyche mühelos einriss.

Etwas stockend erzählte ich endlich von dem Brief. Und von den kläglichen Versuchen, herauszufinden, was Großmutter belastet haben konnte. Meine Mutter war sichtlich erschüttert. »Sie hat dir geschrieben, dass du nach Sunderby kommen sollst? In der Schulzeit?«

»Äh ja«, sagte ich, weil mir nichts Besseres einfiel und ich ein wenig Angst hatte, diesen wunderbaren Tag zu ruinieren. Schließlich hatte Großmutter *mir* geschrieben, ihrer eigenen Tochter aber nichts davon gesagt. Doch das schien nicht Mams Problem zu sein.

»Warum in drei Teufels Namen hat sie das getan? Das passte überhaupt nicht zu ihr. Du weißt, wie ernst sie klare Regeln, feste Zeiten und die schulische Ausbildung genommen hat.«

Mam schwieg, dann zog sie ihren Timer aus der Tasche. »Also gut, lass uns nachdenken. Diese Versammlung war ...« Sie blätterte im Kalender. »Am 17. Juli. Ich war mit Johnny in der Strandbar, als Kenneth anrief und mir erzählte, dass auf der Versammlung etwas passiert war und er deine Großmutter nach Hause gebracht hatte.«

»Du triffst dich noch mit Johnny?« Johnny Winter war Anwalt und Mams Exfreund, die beiden hatten sich vor geraumer Zeit getrennt. Meine Mutter wedelte mit der Hand durch die Luft, als wollte sie Schmeißfliegen verscheuchen.

»Rein geschäftlich, wegen der Chocolaterie. Jedenfalls war das vor genau vier Wochen. Eine Woche später ging deine Großmutter in die Kanzlei und gab dort nicht nur das Testament, sondern auch ihren Ring ab. Das erstaunt mich immer noch!«

»Wann hat sie dir das mit dem Seefest gesagt?«

»Exakt zur gleichen Zeit. Sie erzählte mir von dem Testament und bat darum, dass du die Rede hältst, wenn sie nicht mehr ist.«

»Eine weitere Woche später kam dann der Brief«, sagte ich leise und schluckte. »Meinst du, ich habe ...«

»... einen Fehler gemacht?« Mam zog die Augenbrauen hoch und schüttelte den Kopf. »Nein, mein Schatz, du hattest Schule. Du hättest die Erlaubnis von mir und der Direktorin gebraucht und meine hättest du auf gar keinen Fall bekommen!«

Das war meine Mutter und dafür liebte ich sie.

Ich würde nie erfahren, ob sie die Abreise im Zweifelsfall gestattet hätte oder nicht. Aber Mam wäre nicht Mam gewesen, wenn sie trotz aller Generosität nicht auch neugierig gewesen wäre. »Was hat sie wohl so beschäftigt und warum wollte sie derart dringend mit dir sprechen? Und wie kam sie darauf, dass ausgerechnet Sunderby Hilfe braucht?«

»Ich weiß es nicht«, seufzte ich und blickte auf mein Handy. »Ich glaube, wir sollten fahren, ich möchte heute Abend noch ein bisschen ausgehen. Ist das okay?«

Mam nickte, verlangte nach der Rechnung und falls es noch nicht ohnehin klar ist: Ich habe die beste Mam der Welt.

Und ich lebe an einem fantastischen Ort, denn wo auf dieser Erde kann eine Dreizehnjährige abends schon alleine ausgehen? Nur in Sunderby.

Man trifft sich am See, holt sich an der Strandbar alkoholfreie Cocktails und sitzt bis Mitternacht auf einem der Stege, plaudert, tanzt zur leisen Musik aus der Bar und lässt es sich gut gehen.

Ich beneidete an diesem Abend keinen meiner Freunde aus der Stadt, die um neun Uhr zuhause sein mussten, weil bei Einbruch der Dunkelheit die Rollläden runtergingen, alles andere zu gefährlich und für Dreizehnjährige nicht erlaubt war. Das *Village Girl* hatte in den Sommerferien das große Los gezogen, so einfach war das und es fühlte sich großartig an.

6. Kapitel

Die Lichter der Strandpromenade spiegelten sich im See und vor den Restaurants saßen jede Menge Leute. Ihr Lachen brandete über die Mauer, erfüllte die Badebuchten und strömte bis weit hinaus aufs offene Wasser. Wir hatten uns einen Steg in der Nähe der Strandbar gesucht, fast versteckt vom Schilf, und wenn wir leise waren, konnten wir dem Zirpen der Grillen und dem Quaken der Frösche lauschen.

Justin saß ganz vorne an der Kante, er trug nur seine Shorts und seine Füße baumelten im Wasser. Marko und Atlanta waren losgezogen, um Getränke zu holen, und ich war allein mit ihm.

»Ich hatte vergessen, wie cool es hier ist.«

»Du hast Sunderby verlassen, als du acht Jahre alt warst, und damals saßen wir noch nicht abends auf Stegen herum.«

»Ich habe dich vermisst«, sagte er plötzlich und drehte sich zu mir herum. »Lange Zeit habe ich gedacht, das sei die Strafe dafür, keine Mutter zu haben. Wäre meine noch da gewesen, hätte sie diese Reise in die USA verhindert, da war ich mir sicher.«

»Hast du je darüber nachgedacht, ob meine Mutter vielleicht …?«

Ich dachte an meine Liste und grinste.

»Was? Ob deine Mutter auch meine ist?« Justin lachte. »Selbst wenn es von meiner Mutter keine Bilder gegeben hätte, wäre ich nie auf die Idee gekommen, dass es Jennifer sei. Wir sind viel zu verschieden. Sie ist echt *strange* und ich …«

»Geht's noch?«, empörte ich mich. »Nur weil Mam eine Menge Fantasie hat und etwas unkonventioneller lebt als andere?«

»*Etwas*?« Justin lachte immer noch und in diesem Moment ging er mir echt auf die Nerven. Was sollte das? *Nach Jahren taucht der Typ hier wieder auf und dann fällt ihm nix Besseres ein, als über Mam zu meckern?* Ich stand auf und entfernte mich ein paar Schritte.

»Mal im Ernst, Candy. Die ersten zwei Jahre in den USA waren keine gute Zeit. Ich wollte dir oft schreiben, aber irgendwie …«

Ich blieb stehen. Mir war es genauso ergangen und Mails hätten nichts daran geändert, dass ich ihn schrecklich vermisste und litt wie ein kranker Hund.

Justin stand auf und nahm meine Hand in seine, sie fühlte sich rau und warm an, und irgendwie war das ein schönes Gefühl. »Jetzt bist du wieder in meiner Nähe«, sagte er, »und das ist gut.«

Ich schluckte meinen Ärger runter und staunte über seine Offenheit. Ich selbst hätte mich nie getraut, so etwas zu sagen. Wir hatten uns so lange nicht gesehen und so Vieles hatte sich verändert. Ein Lächeln konnte manchmal weniger, aber auch mehr bedeuten als früher. Man musste inzwischen aufpassen, was man sagte, und wurde ständig rot, obwohl es keinen Anlass gab. Nicht leicht, eine Freundschaft aus Kindertagen unter diesen Umständen wieder zu beleben, noch dazu, wenn der Freund sich nun fremd anfühlte, manchmal doof war und gleichzeitig so gut aussah.

»Du hast in den USA doch sicher neue Freunde gefunden?«

Er zuckte mit den Schultern und ich verstand, was er meinte. Ich war hiergeblieben und hatte Atlanta gehabt, später auch Marko. Für ihn war die Sache schwieriger gewesen, allein in der fremden Umgebung.

»Hier sind eure garantiert vitaminbelasteten Drinks«, rief Atlanta und ihre Flipflops schnalzten über den Steg. »Ich habe einen *Sundown* für Bella und einen *Sunderby Moonlight* für Justin.«

Marko folgte mit zwei weiteren Kreationen, einer *Maracuja-Pfefferminz-Schorle* und dem *Hillmoor Fruchtcocktail*. Dann legten wir uns bäuchlings auf den Steg, winkelten die Arme an und stützten uns so auf, dass wir perfekt miteinander plaudern konnten. Von oben sahen wir aus wie ein vierzackiger Stern, wie wir da so lagen und unsere Köpfe zusammensteckten. Der Steg war immer noch warm und die Nacht ein Traum. Ich hörte das Schilf rascheln.

»Das ist aber ein lauschiges Plätzchen.« Schwere Stiefel

polterten über den Steg und wir waren mit einem Satz auf den Beinen. Es gab Stimmen, die waren so fies, da überlegte man nicht lang.

Drei gut gebaute Kerle marschierten auf uns zu und noch war unklar, was sie wollten. Aber irgendwie passten sie nicht auf diesen Steg und ihre Klamotten passten nicht zu diesem Wetter und wenn schon zwei Dinge nicht passten, gab es garantiert noch etwas Drittes.

»Scheiße, das sind die Hendersons!«, wisperte Atlanta.

Die Hendersons (zwei Brüder und ein Cousin) wohnten draußen am Hillmoor Hügel und es kam nur selten vor, dass sie sich abends im Ort blicken ließen. Eigentlich nur, wenn sie Ärger suchten.

»Wir dürfen sicher mitfeiern, oder?«, fragte der Größte der drei. Offenbar freute er sich, dass er mitten im Schilf eine Privatparty entdeckt hatte, doch sein Gesicht sah gar nicht fröhlich aus und sein Lachen klang wie das Bellen eines wütenden Hundes.

»Wir laufen bis ans Ende des Stegs«, flüsterte ich, denn eine andere Wahl hatten wir nicht. »Und dann springen wir ins Wasser!«

Justin und Marko guckten sich an und nickten.

»Keine gute Idee«, zischte Atlanta. »Sie werden hinterherspringen.«

»Nicht in der Montur und mit diesen Stiefeln«, erwiderte Marko leise, und ehe unsere Angreifer verstanden, was da gerade geschah, drehten wir uns um, rannten bis ans Ende des Stegs und hechteten in den See.

Vorsichtshalber tauchten wir unter und schwammen ein ganzes Stück in die Nacht hinaus, bevor wir eine Kurve drehten und die Badebucht an der Strandbar ansteuerten. An der Bar saßen jede Menge Menschen und die Hendersons würden einen Teufel tun, uns hier abzupassen.

»Wahnsinn«, japste Atlanta, als sie sich an Ufer schleppte.

Ihr Sommerkleid klebte am Körper wie ein nasser Mehlsack, doch wir sahen auch nicht besser aus: Justin hatte Algen in den Haaren, Marko leerte Wasser aus seinen Turnschuhen und ich kämpfte mit dem Schilfgras in meiner Jeans. Wir standen da wie begossene Pudel, aber es war eine warme Nacht und die Baderunde im See hatte dem Abend einen gewissen Kick gegeben.

»Ich lade euch auf eine Cola ein«, sagte Justin und zog einen weichgespülten Zehn-Euro-Schein aus der Tasche. »Falls wir damit noch zahlen können.« Doch an der Strandbar sah man das nicht so eng. Wir bekamen sogar noch ein paar alte, ausrangierte Handtücher zum Abtrocknen, dann griffen wir nach unseren Getränken und setzten uns auf die Mauer der Strandpromenade.

»Was waren das für Typen?«, fragte Justin

»Die sind kaum älter als wir, machen aber überall Ärger«, erklärte Atlanta und verdrehte die Augen. »Wie kommen die so spät abends überhaupt noch hierher? Die wohnen draußen am Hillmoor Hügel, zu Fuß ist das ganz ordentlich.« Sie ging mit einem der Brüder und dessen Cousin in eine Klasse, von daher war sie stets auf dem neuesten Stand. »Die schwänzen, was das Zeug hält, haben letztens zwei Schüler aus der Achten verprügelt und sind einfach nur ...« Atlanta steckte sich den Zeigefinger in den Mund, um zu demonstrieren, dass man schon bei ihrem Anblick würgen musste. Sie machte das echt gut.

Und dann berichtete ich endlich von meinem Tag in der Kanzlei *Torke & Söhne*. Ich zog den Ring vom Finger, legte ihn auf die Mauer, alle nahmen ihn nacheinander in die Hand und begutachteten ihn.

»Schön, aber nicht das, was du dir erhofft hattest?«, fragte Marko.

Ich wiegte den Kopf von rechts nach links, wie die Menschen in Indien es machten, wenn sie nicht *Ja*, aber auch nicht *Nein* sagen wollten. »Also keine Erklärung«, sagte Justin, »sondern nur ein Geschenk.« Atlanta sah es pragmatischer. »Vermutlich ist er viel wert, wenn du also irgendwann Kohle brauchst, verscherbelst du ihn.«

Ich nickte. Von dem geerbten Geld hatte ich meinen Freunden nichts erzählt, das war Sache meiner Mutter und ging niemanden etwas an. In Sunderby verbreiten sich Neuigkeiten so rasant wie Grippeviren und meine Mutter hätte mich gevierteilt, wenn sie beim Friseur oder im *Ten to Five* plötzlich darauf angesprochen worden wäre.

»Da ist aber noch etwas«, sagte ich und berichtete von der letzten Bitte meiner Großmutter, die Laudatio auf Sunderby zu halten.

»Das ist nächsten Samstag«, sagte Marko.

»Ja, aber es sind nur zwei Sätze«, sagte Atlanta.

»Ich kann es trotzdem nicht«, erwiderte ich und erzählte

von jeder Menge verpatzter Situationen bei öffentlichen Auftritten in der Schule.

»Wie gesagt: Es ist keine allzu lange Rede«, wiederholte Atlanta.

»Und wir sind dabei«, sagte Justin.

Ich weiß nicht, ob dieser letzte Satz den Ausschlag gab, jedenfalls änderte ich noch am gleichen Abend meine Meinung. Es handelte sich ja wirklich nur um eine sehr kurze Rede, meine Freunde waren dabei, und Großmutters Wunsch erfüllte sich damit auch. Wir befanden uns in Sunderby und es würde schon gutgehen, das dachte ich zumindest.

7. Kapitel

Das Hotel war seit Tagen ausgebucht und auf der Strandpromenade standen seit dem frühen Morgen jede Menge Tische und Bänke. Die Abendsonne glitt langsam über den See, rutschte die Hügel hinauf und würde in spätestens einer halben Stunde dahinter verschwinden.

»Bist du so weit?«, rief meine Mutter. Sie rannte durch die Wohnung, suchte ihr Handy, tuschte die Wimpern und überprüfte den Herd. Innere Ruhe sah anders aus, aber gegen mich war Mam immer noch ein Quell heiterer Gelassenheit. In einer halben Stunde war es so weit, dann hatte ich meinen großen Auftritt.

»Ich schaff das schon«, murmelte ich, obwohl ich mir keineswegs sicher war. Bei Schulaufführungen hatte ich bis zur fünften Klasse gestottert, danach war ich für Einsätze dieser Art entschuldigt. Für das Theaterstück *Romeo und Julia* war mir die Hauptrolle zugesprochen und wieder abgenommen worden, weil ich schon bei den Proben keinen einzigen Satz herausbekommen hatte. Und wenn der Schulrat das Internat besuchte, verbannte man mich vorsichtshalber in die letzte Reihe.

»Ich schaff das schon«, wiederholte ich, warf einen letzten Blick in den Spiegel und nickte mir zu. Es waren nur wenige Worte, zwei unbedeutende, kleine Sätze. »In den Irrtümern der Zeit steckt das Geheimnis unseres Ortes, in den Verfehlungen seine Möglichkeiten. Sunderby ist nicht, was geschieht, sondern das, was nicht geschieht«, murmelte ich. Dann hob ich das unsichtbare Glas in meiner Hand, quittierte den unhörbaren Beifall mit einem Lächeln und verbeugte mich. Dabei krachte ich gegen den Spiegel und stieß mir den Kopf, das war aber auch wirklich zu blöd! Ich rieb mir die Stirn, ärgerte mich über mich selbst und auch ein bisschen über Grandma, was für eine Schnapsidee, ausgerechnet mich ins Rampenlicht der Öffentlichkeit zu schicken. Im normalen Leben war ich alles andere als ein unbeholfener Trampel, auf der Bühne leider schon, und zwar auf jeder Bühne, die diese Welt zu bieten hatte.

Es blieben nur noch wenige Minuten bis zum Sonnenuntergang und wir mussten laufen, um nicht zu spät zu kommen. Völlig außer Atem erreichten wir die Seepromenade. Ganz schlecht, dachte ich. Vor drei Monaten hatte ich ein Buch gelesen zum Thema *Sicheres Auftreten in der Öffentlichkeit* und konnte mich noch gut an den ersten Satz erinnern: *Kommen Sie auf gar keinen Fall zu spät! Treffen Sie vor ihrem Publikum ein, dann können Sie sich in Ruhe sammeln.*

Das hatte ich eindeutig verpasst, die Strandpromenade quoll über vor Menschen. Die meisten saßen an weißgedeckten Tischen und hatten ein Getränk vor sich stehen (die Seefest-Bowle, wie ich vermutete), andere hatten noch keinen Platz gefunden, liefen herum, begrüßten Bekannte und Verwandte aus nahe gelegenen Ortschaften, blickten nach der Sonne oder zum Aufgang der Strandpromenade.

Dorthin schaute ich jetzt auch und mir wurde übel. Am Aufgang der Promenade stand eine kleine, schwarzverkleidete Bühne mit einem Rednerpult und einem Mikrofon darauf. Wie jedes Jahr würde es nicht nur meine Ansprache, sondern auch andere geben, anschließend spielte eine Band und ganz Sunderby tanzte. Aber so weit war es noch nicht. Mein Beitrag war, wie gesagt, der erste und würde mit an Sicherheit grenzender Wahrscheinlichkeit auch der schlechteste sein.

Justin lief auf mich zu und grinste. »Viel Glück, Candy. Immerhin repräsentierst du heute die Urväter von Sunderby.«

Na, herzlichen Dank! Waren meine Knie bis zu diesem Moment nur so weich wie Butterkäse gewesen, verwandelten sie sich jetzt in schlabbriges Gelee, in den wabbeligsten Wackelpudding aller Zeiten.

»Du musst rauf«, sagte meine Mutter und umarmte mich.

Auf unsicheren Beinen machte ich mich auf den Weg zur Bühne und stieg die Stufen hoch. Es waren nur fünf, aber sie erschienen mir höher und gefährlicher als die Treppen eines Zehn-Meter-Sprungturms, und als ich oben war, krallte ich mich so heftig ans Rednerpult, dass meine Fingerknöchel weiß wurden. Zu meiner großen Erleichterung stand die Sonne etwas zu hoch, also blieben noch ein paar Minuten Zeit, um durchzuatmen.

In den Irrtümern der Zeit, murmelte ich in Gedanken, und zum ersten Mal fiel mir auf, wie seltsam diese Rede war. Ich hatte sie schon x-mal gehört und in den letzten Tagen stündlich wiederholt, aber noch nie über ihren Inhalt nachgedacht. Verständlicherweise beschloss ich, das auf später zu verschieben, falls es überhaupt ein *später* gab.

Jetzt erhoben sich Kenneth Korkum, der alte Joe und sechs andere Männer des Dorfes, zückten ihre Feuerzeuge und stellten sich neben die Fackeln. Jeanette Riccardi bediente heute Abend die Gäste, gerade versorgte sie Justins Vater mit einem Glas Bowle und er prostete mir zu. Dann sah er sich um, entdeckte meine Mutter und winkte.

Mam stöckelte zu ihm hinüber, sicher keine ganz einfache Angelegenheit mit diesen hohen Absätzen im Kies. Und tatsächlich, sie knickte um und der Absatz ihres linken Schuhs brach. »Wie ungeschickt von mir«, hörte ich sie sagen und bewunderte die Nonchalance, mit der sie sich gegen Tom lehnte und versuchte, ihr Gleichgewicht wiederzufinden. »Der ist hinüber, ich muss wohl barfuß gehen.« Sie schlüpfte aus ihrem Schuh und warf ihn mit einer schwungvollen Bewegung über die Mauer der Promenade. Es klatschte, als er ins Wasser fiel, und ich hörte, wie der alte Joe schimpfte.

Atlanta, Marko und Justin drängelten sich nach vorn zur Bühne, winkten mir zu und eigentlich hätte das Leben schön sein können.

Doch im gleichen Augenblick rief jemand: »Die Sonne geht unter!«

Langsam und unsicher trat ich ans Mikro. »In Gedenken an meine Großmutter«, sagte ich, räusperte mich und blickte in die Menge.

»In den Irrtümern der Zeit ... steckt ...«

Was in drei Teufels Namen steckte in den Irrtümern der Zeit? In meinem Gehirn herrschte gähnende Leere, ich wusste es nicht mehr.

»... Sunderby«.

Die ersten Lacher, Schluss, aus, vorbei.

Menschen und Gesichter auf der Strandpromenade verschwammen vor meinen Augen, ich knetete meine Hände, drehte an Großmutters Ring, und nun verschwamm auch die Strandpromenade, ganz Sunderby löste sich vor mir auf wie eine zerfließende Nebelschwade. Der Boden senkte sich ein paar Zentimeter und ich fühlte mich, als hingen meine Füße in der Luft. Ganz offensichtlich drohte ich in Ohnmacht zu fallen, also schloss ich die Augen und so stand ich da. Wartete auf das Gelächter der Kinder, die aufmunternden Zurufe der Alten, und auf die Schritte von Atlanta, die sicher gleich kommen und mich holen würde.

Doch nichts dergleichen geschah.

Es war plötzlich auch gar nicht mehr besonders still um mich herum, die Leute plauderten und lachten und es schien, als würde sich niemand um mich oder meine verpatzte Rede kümmern.

Vorsichtig öffnete ich die Augen und blickte ins Publikum.

Tatsächlich, so war es! Die Leute saßen an ihren Tischen, schwatzten und lachten, begrüßten sich und bestellten Bowle, fast so als gäbe es mich gar nicht. Immerhin stand da unten meine Mutter und winkte mir zu, seltsamerweise schien sie kein bisschen enttäuscht, dass es nicht geklappt hatte mit meiner Rede, aber so war Mam, sie war einfach toll und nicht zu erschüttern. Und noch etwas anderes war sie nicht: sie war nicht BARFUSS!

Mir stockte das Blut in den Adern. Dort unten stand Mam und trug beide Schuhe, den intakten und den anderen, den sie vor wenigen Sekunden in den See geworfen hatte. Ich rieb meine Augen, um eine Sehstörung auszuschließen. Dann zwickte ich mich in den Oberarm, aber ich träumte auch nicht, denn es tat so weh wie immer.

»Was ist mit deinem Schuh?«, rief ich von der Bühne herunter. Mam schüttelte den Kopf, zuckte mit den Schultern und schien überhaupt nicht zu verstehen, was ich meinte.

In diesem Moment erhoben sich Kenneth Korkum, der alte Joe und sechs andere Männer aus dem Dorf und traten neben die Fackeln. Himmel, was war denn das jetzt? Hatte ich ein Déjà-vu?

Ganz offensichtlich, denn nun bewegte sich meine Mutter auf Justins Vater zu, stolperte und ihr Absatz brach. Diesmal lehnte sie sich nicht gegen Tom, sondern blickte zum Podium hinauf. »Jetzt kann ich dir antworten, er ist kaputt«, rief sie und warf den Schuh in hohem Bogen über die Brüstung der Promenade. Dann kamen meine Freunde, winkten mir zu und im gleichen Moment rief jemand: »Die Sonne geht unter!«

Eine Zeitschleife, war das Erste, was mir durch den Kopf schoss. Ein grauenhafter Moment, der sich unerbittlich ständig wiederholte. Aber ich hatte keine Zeit, darüber nachzudenken, denn schon war ich wieder dran, alle sahen zu mir hoch, ich räusperte mich und der Spuk begann von vorne. »In Gedenken an meine Großmutter, sie war eine feine Frau und wird uns fehlen.« Was redete ich denn da? Doch den Leuten schien es zu gefallen, sie applaudierten. Ich musste hier runter, zurück auf den Boden der Tatsachen, je schneller, desto besser. »In den Irrtümern der Zeit steckt das Geheimnis unseres Ortes«, sagte ich und jetzt lief es wie geschmiert, »in den Verfehlungen seine Möglichkeiten. Sunderby ist nicht, was geschieht, sondern das, was nicht geschieht.«

Ich hob mein Wasserglas, prostete allen Anwesenden zu und während sie jubelten und klatschten, schlidderte ich die Stufen des Podiums hinunter, schnappte mir das erstbeste Glas Bowle, das ich in die Finger kriegen konnte, und leerte es auf einen Zug.

»Du darfst Alkohol trinken?« Justin grinste mich verblüfft an.

»Nur an Samstagen, Christi Himmelfahrt und wenn wir nichts zu essen zuhause haben«, erwiderte ich und stellte das Glas zurück auf den Tisch. »Du sagst kein Wort, okay?« Mam würde ein Riesengezeter machen und dafür hatte ich im Moment überhaupt keinen Nerv.

»Natürlich nicht, coole Rede!«

»Hab ich an irgendeiner Stelle gestockt oder Mist geredet?«

»Nicht die Bohne, es war klasse. Hattest du nicht gesagt, du kannst es nicht? War gar nicht so schlimm, oder?

Doch, sogar sehr schlimm, aber das konnte ich Justin nicht erzählen. Nicht im Moment und nicht bevor ich wusste, was mit mir los war. Per Laiendiagnose tippte ich auf eine seltene Form von Schizophrenie, eine parapsychologische Nahtoderfahrung oder ein Überschnappen der Hirnsynapsen. Und das war nichts, womit man jemanden beeindrucken konnte, der aussah wie Justin Bieber und mit einem Roadbear durch die USA gereist war.

»Weißt du, es war jedenfalls eine ganz besondere Erfahrung«, sagte ich deshalb nur, griff nach seiner Hand und schleifte ihn zur Strandbar, wo die ersten bereits tanzten. Eigentlich konnte ich gar nicht tanzen, aber das hatte ich vergessen, und schuld daran war nicht nur die Sache auf dem Podium, sondern auch das Glas Bowle und Justins Anwesenheit. Jedenfalls klappte es ganz gut und ich tanzte den ganzen Abend durch. »Aschenputtel braucht ihren Schlaf«, sagte ich, als meine Schuhsohlen endlich drohten, löchrig zu werden. Die Uhr der Kapelle schlug Mitternacht und ohne jede weitere Erklärung verabschiedete ich mich von meinen Freunden und rannte nach Hause.

8. Kapitel

Das Erste, was ich machte, als ich zuhause war: Ich schloss die Fensterläden. Keine Ahnung warum, aber es gruselte mich. Als Nächstes zog ich ein Stück Papier und einen Stift aus der Schublade, setzte mich an den Küchentisch und begann nachzudenken.

War es möglich, dass ich mir den ganzen Spuk nur eingebildet hatte?

Nein, das war ausgeschlossen. Ich besaß zwar mehr Fantasie als alle Einwohner Sunderbys zusammen, aber dieses Erlebnis war nicht das Ergebnis einer kreativen Denkphase, sondern definitiv passiert.

Nächste Frage: War ich krank? Das war möglich, doch Krankheiten meldeten sich an. Grippe mit Kopfschmerzen, Windpocken mit den ersten Pusteln und bei Zwangsstörungen fing es ebenfalls gemächlich an, das wusste ich von Milena, einer Mitschülerin aus dem Internat. Anfangs hatte sie sich nur ein bisschen häufiger die Hände gewaschen als andere und mittlerweile wurde sie fast verrückt, wenn sie nicht alle zehn Minuten ans Waschbecken kam.

Das konnte ich also ebenfalls ausschließen.

Außerdem hatte ich noch nie von Krankheiten gehört, bei denen man den gleichen Zeitabschnitt zweimal hintereinander erlebte.

Der Vorfall erinnerte mich an *Und täglich grüßt das Murmeltier*, einen Lieblingsfilm meiner Mutter. Wir hatten ihn sicher ein Dutzend Mal gesehen und uns jedesmal schlappgelacht, wenn Bill Murray als Wetter-Reporter immer und immer wieder vom Murmeltier-Tag berichten musste, weil er in eine Zeitschleife geraten war. Aber der Typ war ein Idiot und die Zeitschleife diente dazu, ihn zu bessern. Ich aber war keine Idiotin und musste auch nicht gebessert werden, so viel stand fest.

Also musste etwas Magisches passiert sein, etwas Zauberhaftes, völlig Irreales. Und es hatte mit mir, meiner Rede oder diesem Moment an der Seepromenade zu tun. Ich schloss die Augen und versuchte mich zu erinnern. Wir waren zu spät gekommen, ich stieg auf das Podium. Die Treppenstufen hatten intakt gewirkt, das Mikrofon normal ausgesehen, ich war keiner fremden Lichtquelle ausgesetzt und die Fackeln brannten noch nicht. Es gab keine gefährlichen oder halluzinogenen Dämpfe, das Publikum hatte so ausgesehen wie immer. Niemand hatte einen Gegenstand mit sich geführt, der seltsam gewirkt hatte. Nicht, dass ich an Zauberstäbe oder ähnlichen Kram glaubte, ich suchte nur nach Dingen, die mir unbekannt erschienen oder im ersten Moment nicht aufgefallen waren. Nein, das war Quatsch.

Und wenn es doch mit mir zu tun hatte?

Eine weitere Stunde dachte ich über diese Frage nach, und als ich das Licht ausmachte und zu Bett ging (meine Mutter war noch nicht zuhause), standen drei Dinge auf dem Papier:

Sollte es mit mir zu tun haben, gibt es drei mögliche Auslöser:

1. *Ich, Bella Sander, habe eine Rede auf einer Bühne gehalten.*
2. *Ich habe die an mich gestellte Aufgabe verpatzt.*
3. *Ich bin in eine peinliche Lage geraten.*

Das war eine gute Zusammenfassung der Geschehnisse, dachte ich, als ich endlich im Bett lag. Morgen würde ich jeden möglichen Auslöser in ähnlichen oder anders gelagerten Situationen wiederholen. Vielleicht begann der Spuk dann von vorne, und wenn nicht, ging er als einmaliges Ereignis in die Geschichte meiner Ferien ein, was mir in diesem Moment mehr als lieb gewesen wäre.

Am nächsten Morgen schlüpfte ich in die Klamotten vom Vorabend und verließ das Haus. In dicken Schwaden hing der Nebel in den Straßen, feuchtkalt und hell wie Mehlsuppe. Niemand würde mich sehen, Seefeste endeten weit nach Mitternacht und das bedeutete, dass ganz Sunderby jetzt im Bett lag und schlief.

Die Strandpromenade sah aus wie von einem Wirbelsturm geküsst. Überall standen leere Gläser, die Tischdecken wellten sich in der Feuchtigkeit, klebten zerrissen und schmutzig grau auf den Tischen. Bunte Girlanden lagen zertreten auf dem Boden, das Einzige, das genauso großartig und Furcht einflößend wirkte wie gestern, war die schwarz umhüllte Bühne.

Ich stieg die Stufen zum Podium hinauf, stellte mich ans Rednerpult und überprüfte, ob das Mikrofon ausgeschaltet war. »In den Irrtümern der Zeit steckt das Geheimnis unseres Ortes«, murmelte ich und kam mir ziemlich dämlich vor so ganz alleine auf der Strandpromenade. Mitten im Nebel um sieben Uhr morgens. »In den Verfehlungen seine Möglichkeiten. Sunderby ist nicht, was geschieht, sondern das, was nicht geschieht.«

Ich hielt mein unsichtbares Glas hoch und verbeugte mich leicht.

Ich, Bella Sander, habe eine Rede auf einer Bühne gehalten.

Dann wartete ich, eine Minute, zwei Minuten, doch nichts passierte.

Das also ist es nicht gewesen, dachte ich, stieg die Stufen hinunter und machte, dass ich nach Hause kam. Die nächsten Versuche würden weit schwieriger werden und vorher wollte ich unbedingt noch ein paar Stunden schlafen.

Als Mam gegen Mittag aufwachte, saß ich bereits am Küchentisch. Mit hängendem Kopf trottete sie durch die Tür und sah aus wie ein zerzaustes Bison. »Ohh«, stöhnte sie und rieb sich die Schläfen. »Haben wir irgendwo ein Aspirin? Und könntest du mir einen Kaffee machen, Schätzchen? Stark und heiß, ich bin völlig hinüber.«

»Schon fertig«, sagte ich, stand auf und goss ihn in ihre Lieblingstasse, einen Seaturtle Becher, den sie letztes Jahr bei einer Tombola erstanden hatte. Ich griff nach der Tasse, hob sie hoch, zögerte noch eine halbe Sekunde, dann ließ ich das farbenfrohe Ding einfach fallen. Der Kaffee klatschte auf den Boden, auf die Hausschuhe meiner Mutter, der Becher zerbarst und die blaugrünen Panzerteile der Seeschildkröten hüpften durch unsere Küche wie Aufziehmännchen.

Ich habe die an mich gestellte Aufgabe verpatzt.

Ich schloss die Augen und wartete, doch nichts passierte. Vielleicht musste ich die Augen noch länger zulassen, sicher war sicher.

»Das war meine Lieblingstasse«, sagte Mam, sie klang nun schon deutlich wacher und ich öffnete endlich die Augen.

»Du kaufst mir eine neue, ansonsten behalte ich die nächsten zwei Wochen dein Taschengeld oder bitte Kenneth, mir eine zu töpfern.«

Noch wusste ich nicht, was den Spuk auslöste, im schlimmsten Fall musste ich extrem blöd oder uneinsichtig wirken. »Mach das«, sagte ich deshalb nur und verzichtete auch darauf, mich zu entschuldigen.

»Mach das?«, echote Mam und spätestens jetzt war klar, dass ich nicht mehr unbeschadet aus der Nummer herauskam. »Was ist eigentlich los mit dir? Knallst mir den Kaffee vor die Füße, versaust meine Hausschuhe und kannst dich nicht einmal entschuldigen?«

Mam war sauer, sie wankte zurück in ihr Schlafzimmer und ich machte, dass ich davonkam, es war sowieso höchste Zeit. Um zwölf war ich mit Justin, Atlanta und Marko am Marktplatz verabredet und dann … dann sollte der dritte Versuch folgen und vor dem graute es mir am meisten. Er musste gelingen, damit ich ihn anschließend ungeschehen machen konnte. Sonst war ich für alle Zeit verloren.

Ich hatte die halbe Nacht lang wach gelegen und überlegt, wie ich eine Situation verpatzen konnte und wie ich in eine peinliche Lage geraten konnte. Die Sache mit dem Kaffee war mir innerhalb von Sekunden eingefallen, doch dann war es schwierig geworden. Außer öffentlichen Auftritten war mir in Sunderby kaum etwas peinlich und es hatte lange gedauert, bis mir eine passende Versuchsanordnung eingefallen war.

Als ich zum Marktplatz kam, war Atlanta schon da und umarmte mich herzlich. Ihre schwarze Prinz-Eisenherz-Frisur saß so akkurat wie immer und ich staunte, wie fit sie aussah.

»Wie lange warst du noch auf dem Fest?«, fragte ich.

Atlanta zuckte mit den Schultern. »Ich bin mit meinen Eltern gegangen. Es war zwei, schätze ich.«

Ich grinste sie an und schüttelte den Kopf. »Wie machst du das nur?«

»Ich brauche nicht viel Schlaf. Reger Geist in regem Körper, wenn du verstehst, was ich meine?« Wir rutschten auf die Bänke unter den Kastanien und das war der Augenblick, in dem ich versucht war, aufzugeben. Nicht alles zu zerstören. Das Glück und den Frieden der Sommerferien weiter zu genießen und mit Atlanta, Justin und Marko Spaß zu haben. Doch im Innern meines Herzens war ich eine Suchende, wie Grandma immer gesagt hatte. Zu neugierig, zu verspielt und so stur. Und bei dem Wort *stur* hatte Großmutter gelächelt. Seltsam, dass ich mich gerade jetzt daran erinnerte.

Nun kamen Marko und Justin, ließen sich auf die Bänke plumpsen und wir sprachen ein paar Minuten lang über nichts anderes als das Sommerfest. Marko hing an einer Cola und Justin trug noch die Falten seines Kissens im Gesicht. Ich wechselte den Platz, rutschte neben ihn, holte tief Luft und straffte die Schultern. »Ich wollte mich noch für den gestrigen Abend bedanken«, sagte ich, griff unter Justins Kinn, drehte seinen Kopf zu mir und küsste ihn. Mitten auf den Mund und weil das möglicherweise noch nicht peinlich genug war, ließ ich von ihm ab und gab ihm eine schallende Ohrfeige.

Justin wusste kaum, wie ihm geschah. Er starrte mich an, die Partie um die Augen verdunkelte sich, sein Lächeln verschwand und über der Nasenwurzel stieg eine steile Falte zur Stirn. Nicht gut, gar nicht gut.

Ich bin in eine peinliche Lage geraten.

Ich schloss die Augen und wartete darauf, dass alles verschwamm und wir bei Null beginnen konnten. Aber nichts dergleichen geschah.

Als ich die Augen endlich wieder öffnete, starrte mich nicht nur Justin an, auch Marko und Atlanta guckten, als wären sie der englischen Königsfamilie bei McDonalds begegnet.

Das war blöd, richtig blöd sogar.

»Mist, sorry«, stammelte ich, sprang auf und rannte auf schnellstem Weg nach Hause. Dort lief ich in mein Zimmer, warf mich aufs Bett und heulte wie ein Kleinkind. Mam schien schon wieder zu schlafen und das war gut, ihre Fragen hätten mich in den Abgrund getrieben. Ich zog ein paar Taschentücher aus meiner Nachttischschublade und versuchte mich zu beruhigen, als mein Blick auf das Schmuckstück an meiner Hand fiel.

Sie darf es niemals verleihen, verschenken oder verkaufen und nur sie kann es.

Ein Haufen seltsamer Worte, die Großmutter da in ihr Testament geschrieben hatte. Was konnte nur ich? Ihn nicht verschenken oder verkaufen? Das ergab überhaupt keinen Sinn. Den letzten Teil des Satzes hatte ich in ähnlicher Form außerdem schon einmal gehört, da war ich mir sicher. Und dann erinnerte ich mich: Genau, am Tag der Beerdigung!

Nur du kannst das.

Ich sprang auf und betrachtete Grandmas Ring.

Während der Rede hatte ich meine Finger geknetet, hatte ich ihn berührt? Ich knetete meine Hände, berührte den Ring, aber nichts geschah. Also ging ich in die Küche, machte mir einen Kaffee und starrte auf das Blubbern der Maschine. Und während ich da stand und wartete, drehte ich an dem Ring.

Plötzlich wurde mir schwarz vor Augen, die Kaffeemaschine verschwamm und löste sich auf wie in einer Nebelschwade, der Küchenfußboden senkte sich ein paar Zentimeter und ich fühlte mich, als hingen meine Füße in der Luft.

Meine Mutter kam in die Küche. »Ohh«, stöhnte sie. »Haben wir irgendwo ein Aspirin? Und könntest du mir einen Kaffee machen, Schätzchen? Stark und heiß, ich bin völlig hinüber.«

Noch bevor ich die Augen öffnete, explodierten Jubelraketen in meiner Brust, meiner Seele und im ganzen Körper. Ich hatte es geschafft! Ich würde nicht nur den Ärger mit Mam reparieren können, sondern auch die Misere mit Justin und das war noch viel wichtiger. Mam und ich kamen stets wieder klar, zwei Wochen Taschengeld hin oder her. Aber der Versuch mit Justin hatte alles kaputt gemacht und jetzt gab es die Chance ... »Der Kaffee ist schon fertig«, sagte ich und wunderte mich kein bisschen, dass die Seeschildkrötentasse noch existierte. Ich goss sie randvoll und reichte sie meiner Mutter.

»Du bist die beste Tochter der Welt«, murmelte Mam, während sie ihren Kaffee schlürfte und mich neugierig ansah. »Und du hast toll getanzt gestern. Ich muss mich wohl noch daran gewöhnen, dass du langsam erwachsen wirst.«

Sie lächelte mich an, aber ich hatte jetzt keine Zeit für solche Gespräche. »Ich muss los, bin verabredet«, sagte ich deshalb nur, gab Mam einen Kuss und jagte wie ein Blitz zum Marktplatz.

Atlanta war schon da.

Ich setzte mich neben sie und sah sie an. »Was würdest du sagen, wenn ich Justin küssen würde?« Die Einleitung ersparte ich mir.

»Wie, einfach so?«

»Yep. Und anschließend könnte ich ihm eine knallen.«

Atlanta lachte. »Das wär spaßig und mal was Neues.«

Ja, von wegen. Sie hatte mich angeguckt, als wäre ich verrückt.

»Ich lass es lieber«, sagte ich und bemühte mich, locker zu klingen. »Nach dem gestrigen Abend habe ich nur Unsinn im Kopf.«

Justin und Marko schlenderten über den Platz und jetzt war es an der Zeit, die Geschichte meines peinlichen Auftrittes auszumerzen und zu übermalen. Eine neue Wirklichkeit zu erfinden, denn genau das war es: Ich konnte das Geschehene ungeschehen machen, neu bestimmen und in Bahnen lenken, die mir besser gefielen. Noch wusste ich nicht, was hier geschah, aber eines war sicher: Ich würde meine Sommerferien retten. Zwischen mir und Justin würde sich nichts verändern, ich konnte den Sommer mit meinen Freunden genießen und hatte eine zweite Chance bekommen.

Danke, Granny, dachte ich noch, dann setzten sich Marko und Justin zu uns und wir sprachen über nichts anderes mehr als über das gelungene Fest. Den herrlichen Abend und meine tolle Rede.

»Ich habe den Text ja lange nicht mehr gehört«, sagte

Justin plötzlich. »Als Kind zog er an mir vorbei, war nichts weiter als eine spannende Einleitung, weil wir danach zwei Stunden aufbleiben durften. Aber die Rede ist schräg, findet ihr nicht?«

»Vielleicht könntest du sie noch mal aufsagen, Bella?«, bat Marko. Er war viel zu müde, um irgendetwas zu verstehen.

Ich nickte. »In den Irrtümern der Zeit steckt das Geheimnis unseres Ortes, in den Verfehlungen seine Möglichkeiten. Sunderby ist nicht, was geschieht, sondern das, was nicht geschieht.«

»Der Text beschreibt das, worüber wir letztens gesprochen haben«, sagte Atlanta. »In Sunderby geschieht nichts Schlimmes.«

»Falsch«, sagte Marko und grinste. »In Sunderby geschieht gar nichts.«

Meine Freunde lachten und ich tat ein bisschen so, als lachte ich mit. In Wirklichkeit hatte ich jede Menge, worüber ich nachdenken musste. Denn, dass in Sunderby nichts passierte, stimmte nicht. Ganz im Gegenteil, ich konnte mir sogar vorstellen, dass in unserem Ort mehr Seltsames geschah, als irgendwo sonst auf der Welt.

Doch im Moment wusste das niemand außer mir und das sollte auch so bleiben.

9. Kapitel

Wer die Straße zum Hillmoor Hügel und dem Friedhof hinaufläuft, kommt am Bruchwald vorbei. Einem lichten Kiefernwäldchen voller Gestrüpp und Büschen, mit ein paar schmalen Wegen und einem Hochsitz, um Goldregenpfeifer und Brachvögel zu beobachten.

Am Bruchwald steht auch das Haus von Grandma.

Meine Mutter hatte alle Fensterläden geschlossen, und nun sah es aus wie ein Mahnmal der Vergänglichkeit, ein steinerner Kubus, der am Waldrand gestrandet war. Es fühlte sich unheimlich an, an Großmutters Haus vorbeizulaufen, aber ich liebte die Natur hier draußen im Hochmoor, die Ruhe, die Ungestörtheit, und genau die brauchte ich jetzt. Ich kletterte die Leiter zum Hochsitz hinauf, setzte mich auf die hölzerne Bank, legte mein Handy auf den Oberschenkel und blickte aufs Display:

Achter August, 15 Uhr.

»Dann wollen wir doch mal sehen«, sagte ich und drehte ein kleines bisschen am Ring.

Der Bruchwald wirbelte unter meinen Füßen hinweg

und die Weite des Hochmoores verschwamm zu einer sämigen Suppe aus Sonnenstrahlen und Wolkenfetzen. Ich musste die Augen schließen, damit mir nicht übel wurde, und als ich sie wieder öffnete, blickte ich aufs Handy.

Achter August, 14.40 Uhr.

Ich war 20 Minuten in der Zeit gereist, mir war ein wenig schummrig, aber ansonsten hatte sich nicht allzu viel verändert. Auch das war ein Grund, warum ich in den Bruchwald geflüchtet war: Ich musste herausfinden, wie der Ring funktionierte, ohne dabei jedesmal in eine andere Konversation mit denselben Menschen zu rutschen.

»Auf ein Neues«, murmelte ich, drehte am Ring, aber nichts passierte. Ich versuchte es sicherlich noch sechs-, siebenmal und als sich nichts tat, lehnte ich mich zurück und döste vor mich hin. Instinktiv ahnte ich, dass der Ring, nachdem er einmal gedreht worden war, erst um 15.00 Uhr wieder funktionieren würde und so war es auch. Um 15.01 Uhr drehte ich das Schmuckstück genau einmal um sich selbst und nun klappte es. Der Bruchwald löste sich sekundenschnell vor meinen Augen auf, drehte sich wie ein Strudel um das Abflussrohr einer Badewanne, verschwamm mit dem Flirren der Luft am Horizont und war ganz plötzlich einfach verschwunden. Mein Kopf schmerzte und ich hatte größte Mühe, die Augen offen zu halten, dann stoppte das Kreiseln der Farben und Formen und das Karussell kam zur Ruhe. Der Bruchwald setzte sich wieder zusammen und über ihm der Himmel. Die Wolken schwappten von rechts nach links, um schließlich wie schaukelnde Wattebäusche irgendwo dort oben hängenzubleiben.

Ein Blick auf die Uhr genügte: Es war exakt 14.01 Uhr und mein Gefühl sagte mir, dass dies die Meisterleistung des Rings war, die höchste Zeitspanne der Reise: Die Fahrt in die Vergangenheit betrug längstens eine Stunde. Wenn man nur ein klein bisschen an dem Ring drehte, war sie kürzer, aber niemals länger. Natürlich probierte ich es mehrfach aus, aber mein Verdacht bestätigte sich und als ich Stunden später nach Hause ging, war ich müde und erschöpft, mein Nachmittag war lang gewesen.

Nur mein Nachmittag? Vermutlich auch der aller anderen, aber sie würden sich an nichts mehr erinnern. So war es schon auf dem Seefest gewesen und auch später in der Küche und auf dem Marktplatz.

Wenn ich mich nicht täuschte, war ich in der Lage, eine Stunde zu überschreiben, neu zu gestalten, und ich erinnerte mich an alle Varianten. Die anderen jedoch nur an die letzte. Auf Dauer konnte das aufreibend werden, besonders für mich.

In diesem Moment begriff ich, dass ich nicht nur etwas sehr Schönes, höchst Magisches geerbt hatte, sondern etwas, das ich mit Umsicht einsetzen musste, damit es nicht wie ein wild gewordener Pürierstab mein Leben durcheinanderquirlte. Wenn ich vorhatte, den Ring einzusetzen (und das hatte ich definitiv), musste ich Buch führen und genau aufzeichnen, welches Erlebnis in die Erinnerung meiner Freunde und Familie eingegangen war. Sonst würde ich irgendwann von Dingen reden, die keiner verstand, und an Erlebnisse rühren, an die sich niemand erinnerte. Nicht auszudenken, wenn ich Mam oder meinen Freunden gegenüber Sachen erwähnte, von denen sie nichts wussten, oder auf etwas beharrte, was sie in ihrer Erinnerung nie gesagt oder getan hatten.

Woher Grandma diesen Ring wohl hatte? Und warum ihm keine Erklärung beigefügt worden war? Letzteres war klar: Sie wollte es mir erzählen, aber außer mir sollte niemand davon erfahren. Was das Ganze mit Sunderby zu tun hatte oder warum sie so aufgeregt gewesen war, wusste ich immer noch nicht, doch ich hatte das Gefühl, dem Ganzen ein Stück näher gekommen zu sein.

Ich schlug den Weg zum Friedhof ein, wanderte über die sonnenbeschienene Straße den Hügel hinauf, lief an der Kapelle vorbei und über die Kieswege. Da vorne war Großmutters Grab, Blumengebinde und Kränze türmten sich auf frischer Erde und ein schlichtes Holzkreuz lehnte dort, wo bald eine gewaltige Marmorstele stehen würde. Ich setzte mich auf einen Stein, blickte auf die Blumen und Kränze und blieb ganz ruhig, lauschte den Erlen, die sich leise im Wind bewegten, und hoffte, dass Grandma mit mir sprechen würde.

»Erklär's mir«, sagte ich.

Aber das tat sie nicht.

Sie hüllte sich in Schweigen und das ärgerte mich.

Natürlich kann man das niemandem erzählen, ohne einen Vogel gezeigt zu bekommen, aber genau so war es:

Grandma hatte keine Lust mehr, sich mit weltlichen Dingen zu beschäftigen und ließ mich allein.

Irgendwann war ich dann so sauer, dass ich ein paar Blumen und Kränze von ihrem Grab herunternahm und auf ein anderes legte.

Ich wollte sie provozieren, wollte sie nötigen, mit mir zu reden, wenigstens in meiner Vorstellung, aber es klappte einfach nicht. Großmutter war immer schon stur gewesen und die Sache mit der Beerdigung hatte es nicht besser gemacht.

»Warum hast du eigentlich nicht am Ring gedreht, als es zu Ende ging? Du hättest nach mir rufen können, eine Stunde hätte gereicht.«

Aber auch darauf bekam ich keine Antwort. Also legte ich die Blumen wieder zurück auf ihr Grab, die ganze Aktion war kindisch und genau genommen unter meiner Würde, und machte mich auf den Heimweg.

Ich war gerade den Hügel hinunter und am Haus meiner Großmutter vorbeigelaufen, als ich einen Blick nach rechts warf, dorthin wo das Haus der Hendersons stand. Die Fenster blitzten im Licht der Nachmittagssonne, an einer langen Wäscheleine im Garten hingen zirkuszeltgroße Laken und eigentlich sah alles ganz friedlich aus. *Wie kann man nur in solch einer schönen Gegend aufwachsen und so dämlich wie die Hendersons werden*, dachte ich. Genau in diesem Moment ging die Tür auf und die beiden Brüder und ihr Cousin traten vors Haus. Ich versuchte noch, mich hinter einer Hecke zu ducken, doch es war zu spät, die drei bemerkten mich. Sie steckten die Köpfe zusammen, wieder war dieses bellende Lachen zu hören, und dann bummelten sie auf die Straße hinaus und erwarteten mich.

»Tatsächlich«, rief der älteste. »Das *ist* die Göre vom Steg!«

Da standen sie nun mit in die Hüften gestemmten Armen und versperrten die Straße wie eine Grenzpatrouille im Niemandsland. Ich konnte nicht hoffen, unbeschadet an ihnen vorbeizukommen. Weglaufen war keine Option, denn wo konnte ich schon hin? Zurück zum Friedhof und dann? Die sprinteten sicher schneller als ich, so durchtrainiert, wie sie aussahen. Langsam setzte ich einen Schritt vor den anderen, meine Knie waren so weich wie Gummi und mein Kopf rumpelte vor lauter Gedanken, die darin Achterbahn fuhren.

Du hast den Ring.

Ich blieb stehen, natürlich! Die Dinge hatten sich seit gestern grundlegend verändert und zwar eindeutig zu meinem Vorteil. Ich machte noch zwei Schritte auf die Jungs zu, spuckte auf den Boden und dann drehte ich blitzschnell am Ring, nicht viel, nur ein bisschen. Das sollte genügen, um einen Vorsprung zu bekommen.

Im null Komma nichts lösten sich die Hendersons auf wie Geleekugeln in heißem Wasser, gleichzeitig setzte ein gewaltiger Sturm ein. Er riss mich von der Straße, warf mich durch die Luft und ich hatte das Gefühl, in einem Wirbel aus hellem Licht und Farben in den Himmel katapultiert zu werden. Der Sog war so gewaltig, dass ich glaubte, ohnmächtig zu werden. Als das Tosen nachließ und ich wieder zu mir kam, saß ich auf dem Boden, genauer gesagt auf einem Stein.

Dem Stein vor dem Grab meiner Großmutter.

Ich atmete zweimal tief durch, stand auf und streckte mich, aber es war alles in Ordnung. Nichts verstaucht, gebrochen und nirgendwo blaue Flecke. »Also los«, murmelte ich, warf Grandma eine Kusshand zu und rannte in einem Affenzahn den Hügel hinunter, an der alten Villa am Bruchwald vorbei, und hier erhöhte ich das Tempo. Ich musste einfach schneller sein als vorhin, das Haus der Hendersons passieren, bevor die Typen auf die Straße traten, und am besten so nah wie möglich an Sunderby herankommen. Das Haus blitzte in der Sonne, die Wäsche hing auf der Leine, aber die Tür war noch geschlossen.

»Läuft doch ganz großartig.« Ich presste die Worte atemlos zwischen den Lippen hervor, verfluchte meine Faulheit im Sportunterricht, aber ich schenkte mir nichts, drehte mich kein einziges Mal um und warf keinen Blick zurück.

Ich war noch nicht vertraut mit dem Ring und wusste nicht, wie viel Vorsprung ich hatte, aber es schien zu genügen. Völlig außer Atem erreichte ich Sunderby, am Ortseingang verlangsamte ich meine Schritte, lehnte mich an das erstbeste Gartentor und drehte mich um. Weit und breit war niemand zu sehen, ich hatte es geschafft.

»Das muss in Zukunft eleganter verlaufen«, wisperte ich, denn eines war ab heute klar: Ich hatte den Ring und er verschaffte mir immense Vorteile. Wenn ich das erst einmal richtig verstanden hatte und damit umgehen konnte, würden die Hendersons und ihre Feindseligkeiten Geschichte sein. Und zwar für immer.

10. Kapitel

Nicht nur die Hendersons hatten ihren Schrecken verloren, sondern auch jede andere unerwartete oder unschöne Situation.

»Hast du an meine Bluse gedacht?«, rief meine Mutter am nächsten Morgen nach einem kurzen und ziemlich hektischen Frühstück. Sie hatte verschlafen, musste in die Chocolaterie, und die Bluse, die ich eigentlich gestern schon hätte bügeln sollen, lag frisch gewaschen und reichlich zerknautscht im Wäschekorb. Das war kein gelungener Start in den Morgen, schon gar nicht, wenn ich mir Mams enttäuschten Blick vorstellte und ihren schnippischen Kommentar.

Also drehte ich den Ring einmal um sich selbst, machte Kaffee, schäumte Milch auf und weckte meine Mutter. Dann stellte ich den Bügeltisch ins Wohnzimmer, bügelte ihre Bluse und gesellte mich zu ihr.

»Es ist einfach schön, morgens noch ein wenig Zeit für mich zu haben«, sagte Mam, griff nach ihrer Bluse, warf mir einen Luftkuss zu und verschwand gut gelaunt im Badezimmer.

Der Start in den Morgen war gelungen.

Ich trödelte noch ein bisschen herum und räumte mein Zimmer auf, dann schlüpfte ich in meine Badeklamotten, streifte ein Sommerkleid über, packte Handtuch und Sonnencreme in meine Tasche und verließ die Wohnung. Ich guckte noch kurz bei Mam vorbei, sie stand in der kleinen Küche der Chocolaterie und backte Muffins, eine Arbeit, die man im Sommer nur morgens verrichten konnte. Es waren noch keine Gäste da, aber das würde sich bald ändern, denn Sunderby quoll über vor Touristen. Und Mams Frühstücksvariationen liebten alle: Café au Chocolat mit einem Brioche, den kleinen Espresso mit ofenwarmem Schokomuffin oder eine Eisschokolade mit klitzekleinen Florentinern.

»Wie sieht dein Tag heute aus?«, fragte meine Mutter, füllte den Teig in Formen, wischte sich die Hände an ihrer Schürze ab und selbst in diesem Kittel sah sie noch umwerfend aus.

»Ich habe das Gefühl, er wird richtig gut.«

»Habe ich wieder mal was verpasst?«, fragte meine Mutter und zog die Augenbrauen hoch, doch in diesem Moment kamen glücklicherweise die ersten Gäste, und ich machte mich auf den Weg zu Justin.

Er war schon wach, stand vor dem Haus und reparierte ein altes Fahrrad, er trug In-Ears und hörte Musik.

Als er mich sah, grinste er und nahm die Stöpsel raus.

»Hey, Candy. Guten Morgen!«

»Was hörst du?«, fragte ich neugierig.

Zwischen dem Musikgeschmack auf dieser Seite des Atlantiks und den USA lagen wohl Welten. Genau so war es.

»Trap.«

»Trap?«, fragte ich vorsichtig und durchforstete mein Gehirn nach einem Hafen, in dem das Wort andocken konnte. Niente, nada, nichts.

»Das ist…«, sagte Justin, »ach was, hör's dir an.«

Er reichte mir die Kopfhörer und ich lauschte einem seltsamen Sound aus tiefen Bässen, lockerem Groove und melodischem Singsang.

»Sag bloß, das hast du noch nie gehört?«, fragte Justin und sein Blick wirkte dermaßen erstaunt, dass ich anfing, mich zu ärgern. Da war es wieder, das *Village Girl*, das in der Provinz lebte und verspottet wurde.

»Stell dir vor, nein«, sagte ich.

»Dann kennst du es jetzt«, sagte Justin.

In meinen Ohren klang dieser Satz arrogant und beleidigend, und da ich beschlossen hatte, mir einen schönen Tag zu machen (einen *wirklich* schönen), war es an der Zeit, noch mal von vorne anzufangen. Ich strich über meine Hand und drehte ein wenig am Ring.

Justin verwandelte sich in Grießsuppe und als er wieder normal aussah, lächelte er mich an. »Hey Candy, guten Morgen!«

»Guten Morgen«, erwiderte ich. »Was hörst du denn da? Gib mal her!«

Ich steckte mir die Kopfhörer in die Ohren, lauschte dem seltsamen Sound und nickte. »Hey, das ist Trap!«

»Alle Achtung«, sagte Justin. Er schien beeindruckt, und ich war es nicht weniger. Verrückt, in welch kurzer Zeit man dazulernte.

Und dann sprachen wir sicherlich zwanzig Minuten lang über Musik. Ich hatte nicht viel zu bieten und hielt mich vornehm zurück, aber das fiel gar nicht auf, denn Justin redete wie ein Wasserfall.

»Unglaublich, dass wir die gleichen Vorlieben haben«, sagte er schließlich, sperrte sein Fahrrad ab und dann bummelten wir zum See. Atlanta und Marko waren schon da. Sie saßen auf der Mauer der Strandpromenade und freuten sich, uns zu sehen.

»Als Erstes ein Eis für jeden«, sagte Atlanta, »anschließend machen wir Pläne für den Tag«. Also bummelten wir zu Luigis Eisdiele, Justin nahm Schokolade, Marko Vanille und Atlanta Joghurt-Kirsch. Dann war ich an der Reihe, aber ich konnte mich nicht entscheiden und plötzlich kam mir die verrückte Idee ...

Ich drehte am Ring.

Ein Wirbelsturm riss uns von der Eisdiele fort, verschlang unsere Körper, verunstaltete unsere Formen und spuckte sie wenige Sekunden später richtig zusammengesetzt wieder aus.

Atlanta und Marko saßen auf der Mauer und freuten sich, uns zu sehen.

»Als Erstes ein Eis für jeden«, sagte Atlanta, »anschließend machen wir Pläne für den Tag«.

»Ich erledige das«, sagte ich. »Und ihr seid eingeladen.«

Ich rannte hinauf zu Luigis Eisdiele. Bestellte Schokolade, Vanille, und Joghurt-Kirsch. Und für mich Zitrone. Luigi war so freundlich, mir ein Tablett zu geben, ich schlenderte zurück zu meinen Freunden und verteilte die Eisbecher. Justin und Marko starrten mich an.

»Stimmt etwas nicht?«, fragte ich.

»Wir haben dir nicht gesagt, was wir wollten.«

»Ich habe geraten«, sagte ich und lachte. »Ich hoffe, es passt.«

»Perfekt«, erwiderte Justin und grinste mich an.

»Erstaunlich«, sagte Marko, nur Atlanta war unzufrieden.

»Ich weiß nicht so recht«, sagte sie. »Ich hab Lust auf Erdbeere.«

Das kann nicht sein, wollte ich schon sagen, biss mir aber gerade noch rechtzeitig auf die Zunge. Wie sollte ich ihr erklären, dass sie eben noch Lust auf Joghurt-Kirsch gehabt hatte? Atlanta war offenbar ein vielseitiger Mensch mit rasch wechselnden Vorlieben. Das war interessant und ich würde darüber nachdenken müssen.

Dann hatte Justin die wundervolle Idee, mit dem Ruderboot auf den See hinauszufahren. Wir liefen zum Bootsverleih, sprangen an Bord und die Jungs legten sich in die Riemen. Das Boot machte eine Kehrtwendung, dann zog es schnell und geradlinig auf den See hinaus.

Justin trug ein ärmelloses Shirt, der Wind spielte in seinen Haaren und er war braun geworden in den letzten Tagen. Das waren wir alle, aber bei ihm sah es richtig gut aus. Seine Arme waren durchtrainiert, er trug zwei Lederbänder am rechten Handgelenk und die hellen Härchen an seinen Unterarmen glitzerten in der Sonne.

Ich beugte mich nach vorne und tippte ihm auf die Schulter.

»Was bedeuten die Bänder an deinem Handgelenk?«

Justin drehte sich zu mir um. »Sie sind ein Freundschaftszeichen und erinnern mich an eine ganz besondere Person.«

Damit hatte ich nicht gerechnet. Ich war davon ausgegangen, dass er in den letzten Jahren Schwierigkeiten gehabt hatte, Freunde zu finden.

Auch Atlanta schien überrascht. »Da gibt es jemanden in den USA«, wisperte sie, fast so als wäre ich völlig vertrottelt und nicht in der Lage, eins und eins zusammenzuzählen. Ich schloss die Augen und ärgerte mich. Über mich selbst, weil ich so naiv durchs Leben stolperte. Über Justin, weil er nichts davon erzählt hatte, und über Atlanta. Weil sie klar erkannte, woran ich nicht im Entferntesten gedacht hatte.

Justin lachte und schüttelte den Kopf.

»Nein, Atlanta, es gibt niemanden in den USA.«

»Die Bänder sehen auch aus, als trägst du sie schon viele Jahre«, sagte Marko und grinste.

Atlanta starrte mich an.

Ich senkte den Kopf und merkte, wie meine Wangen plötzlich heiß wurden. Konnte es wirklich das bedeuten, was ich gerade dachte?

Wenn Justin diese Bänder schon viele Jahre trug, dann hatte er sie umgebunden, um sich an *mich* zu erinnern, denn ich war damals seine beste Freundin gewesen. Ich musste blinzeln und wechselte das Thema.

Und dann unterhielten wir uns über so wunderliche Dinge wie Muscheltaucher, Seemythen und ferne Ozeane. Wir suchten uns einen einsamen Steg, schlüpften in unsere Badeklamotten, sprangen ins Wasser und ließen uns von der Sonne trocknen. Einmal berührte Justin mit seiner Hand meinen Oberarm und seine Lederbänder brannten kleine Löcher in meine Haut, Löcher des vollkommenen Glücks und der tiefsten Zufriedenheit.

Das war seltsam, weil ich mir nicht sicher war, ob ich den neuen Justin genauso mochte wie den alten. Den mit der Zahnspange und den Pausbacken. Aber Justin trug die Bänder meinetwegen und hatte mich eine *ganz besondere Person* genannt, das wog schwer und machte mich glücklich.

Am späten Nachmittag kehrten wir zurück. Marko und Atlanta verabschiedeten sich, doch Justin und ich hatten noch keine Lust, nach Hause zu gehen. Wir setzten uns auf die Mauer der Strandpromenade, und ich fragte ihn nach den Favourits in seinem Leben.

»Ich liebe Picknicks. So richtige mit einem Korb, einer großen Salami und Oliven. Ich mag Cola light, Gotham City, den Blick aufs Wasser, Schildkröten und Roadmovies.«

»Und was magst du an mir?«

»Deine Direktheit«, sagte Justin und zwickte mich in die Nase.

Die Zeit für ernste Gespräche war vorbei, ich lächelte ihn an und drehte den Ring einmal um sich selbst. Als wir uns eine Stunde später erneut trafen (er saß schon auf der Mauer der Promenade und hielt sein Gesicht in die Sonne), hatte ich einen Picknickkorb dabei. Randvoll mit Salami, Oliven, Baguette, Cola und anderen Überraschungen. Justin freute sich, als hätte er die Welt umsegelt und seit Tagen nichts mehr gegessen. Er warf sich die Oliven in den Mund, bewunderte die Tasse mit den Schildkröten und blätterte begeistert im Gotham City Comic. Als wir alles verspachtelt hatten, gaben wir den Korb an der Strandbar ab, zogen die Schuhe aus und bummelten am Seeufer entlang. Wir wateten durchs seichte Wasser, dann nahm Justin mich an der Hand und wir liefen über die Steinstrände, spritzten uns nass, suchten verformte Steine und ließen sie übers Wasser titschen.

Schließlich setzten wir uns in eine Badebucht und blickten auf den See. »Ach«, sagte ich plötzlich und seufzte. Am liebsten hätte ich ihm alles erzählt, die ganze Geschichte von Grandma und dem Ring, wenigstens einem Menschen auf der Welt. *Ja, warum eigentlich nicht?* Natürlich würde ich dieses Gespräch löschen müssen, aber vielleicht half es mir trotzdem. »Großmutter hat mir doch diesen Ring vermacht«, sagte ich und hielt meine Hand in die Sonne. »Mit diesem Ding kann man eine Stunde in der Zeit reisen. Allerdings nur rückwärts.«

»Ist nicht so spannend wie vorwärts, aber immerhin.« Er zwinkerte mir zu, mit Sicherheit hielt er mich jetzt für plemplem.

»Ich glaube, sie will, dass ich irgendetwas mit dem Ring mache. Aber ich weiß nicht was, und das überfordert mich.«

»Wenn Menschen etwas von dir wollen und selbst nicht mehr da sind, ist das tatsächlich ein Problem«, erwiderte Justin, und er klang ernst. »Meine Mutter hat mir gesagt, dass ich auf meinen Dad aufpassen soll. Eine große Aufgabe, und sie war einfach weg. Das ist Scheiße.«

Ich nickte. Auch wenn Justin mich für durchgeknallt hielt, meine Situation war ihm nicht fremd.

»Mal angenommen«, fuhr ich fort, »du hättest tatsächlich einen Ring, der eine Stunde ungeschehen macht. Was würdest du damit tun?«

»Wenn es doch nur so einfach wäre.«

Natürlich, er hatte verflixt noch mal recht.

Ich hatte den Ring und egal, was Großmutter von mir gewollt hatte, mein Leben würde ab jetzt deutlich unkomplizierter werden. Wilder, verrückter, aber eine ganze Spur einfacher.

»Ich danke dir«, sagte ich und drehte sacht am Ring. Der Sturm trug uns nur ein paar Meter davon, exakt bis zum Eingang zur Badebucht.

»Eine tolle Bucht, hier bleiben wir«, sagte Justin. Wir hielten unsere Füße ins Wasser, plauderten, lachten und als wir uns auf die heißen Steine legten, schob Justin seinen Arm unter meinen Kopf.

So lagen wir da und guckten den Wolken hinterher.

Dieser Tag sollte nie enden, dachte ich.

»Dieser Tag sollte nie zu Ende gehen«, sagte Justin wie aus heiterem Himmel und strahlte mich aus funkelnden Augen an.

11. Kapitel

Ich kannte keinen Erwachsenen, der nicht vom Glück träumte. Für Mam war es die Liebe, für Grandma die Anerkennung, für Joe das ewige Leben. Und alle dachten, sie müssten weiß Gott was dafür tun.

Aber so funktionierte Glück nicht. Es kam und ging, wie es wollte. Wenn man es eine Zeit lang aufhalten und dabehalten durfte, war das schon mehr als genug. Andererseits ...vielleicht konnte man ja tatsächlich etwas nachhelfen. Ich strich über den Ring und lächelte.

»Wollen wir unsere Nachbarn zum Essen einladen?«, fragte ich meine Mutter. Wir saßen beim Frühstück, Mam löffelte ihr Frühstücksei und war in eine Modezeitschrift vertieft.

»Gericht Nummer zwei?« Sie sah müde aus, zwinkerte mit den Augen und ich verspürte einen Anflug schlechten Gewissens. Normalerweise half ich in den Ferien in der Chocolaterie, aber durch den Wirbel in den letzten Tagen hatte ich nicht einmal daran gedacht.

»Nummer zwei wäre gut«, sagte ich deshalb nur und dann prusteten wir los, denn Nummer zwei hieß Spaghetti mit Tomatensauce, die Nudeln holten wir aus der Kühltheke und die Sauce gab es in bauchigen Gläsern im *Ten to Five*.

»So geht das nicht«, sagte Mam. »Wir blamieren uns.«

»Okay«, sagte ich. »Dann machst du heute etwas früher Schluss und ich kümmere mich darum.«

Als Erstes rannte ich zu Tom und Justin hinüber und lud sie ein, dann lief ich ins *Ten to Five* und bat Jeanette um Rat. »Es ist ein Drama«, sagte sie. »Warum besuchen diese gut aussehenden Kerle euch und nicht mich? Nun gut, komm mit.« Sie war viel zu sehr Geschäftsfrau, um ernsthaft beleidigt zu sein, packte mit fachmännischer Hand ein paar Lebensmittel in den Korb und erklärte mir, was zu tun war.

»Als Vorspeise gibt es Melone mit Schinken: Melone aufschneiden, Schinken drum herumwickeln. Als Hauptspeise versuchst du es mit diesen kleinen Pizzen, die sind so gut wie fertig. Gib noch ein paar Champignons drauf und etwas mehr Käse und schieb sie in den Ofen. Vielleicht machst du noch einen Salat und servierst diesen Rotwein. Den Nachtisch habt ihr ja wohl selbst?«

Ich bedankte mich und schleppte die Einkäufe nach Hause. Auf meinem Weg begegnete ich der alten Miss Grehn, sie tat sich schwer, ein Bein vors andere zu setzen, und wirkte so klein und zerbrechlich. »Hätten Sie nicht Lust, heute Abend mit uns zu essen?«, fragte ich aus einer Laune heraus, mir war zum Feiern zumute und dieses Gefühl wollte ich teilen. Miss Grehn schien überrascht, versprach aber zu kommen. Und dann machte ich mich an die Vorbereitungen.

Ich verbrachte den gesamten Nachmittag zuhause, räumte auf, putzte die Küche, schnipselte den Salat und bereitete das Essen vor. Dabei hörte ich Musik und fühlte mich so entspannt wie seit Tagen nicht mehr. Das Leben war kurz und man musste es genießen, hatte Tom früher immer gesagt, und ich gab ihm auch heute noch stillschweigend recht. Zwischendurch dachte ich an Justin und seine Blicke, an die Feuerfunken in den dunklen Augen, und ich konnte es kaum erwarten, ihn heute Abend wiederzusehen. Vielleicht lag es auch an seinem Lächeln, das mich so zielsicher erreichte wie eine SMS und nicht nur schön war, sondern immer auch ein kleines bisschen wehtat.

Als Mam nach Hause kam, war schon alles fertig, nur die kleinen Pizzen lagen noch auf einer Platte neben dem Herd. Den Tisch hatte ich mit Kerzen und einem Strauß Blumen festlich gedeckt, neben den Tellern standen Wein- und Wassergläser, kleine Schalen für den Salat und das Besteck lag auf gefalteten Servietten.

»Hey«, rief meine Mutter. »Hast du einen Cateringservice geordert? Und die Putzkolonne gleich dazu? Das ist ja richtig romantisch!«

Sie schlüpfte aus ihren Pumps, guckte in den Kühlschrank, ließ sich die Speisenfolge erklären und kam aus dem Staunen nicht mehr heraus.

»Für wen ist denn das fünfte Gedeck?«

»Ich habe Miss Grehn eingeladen, ich hoffe, das ist okay?«

»Total«, rief Mam. »Ich freue mich, mal wieder mit ihr zu plaudern, eine schöne Idee!«

Dann verschwand sie im Bad und das Rauschen des Duschwassers bescheinigte mir, dass das schöne Ambiente ansteckend wirkte, Mam würde sich in Schale werfen und chic machen.

Und das tat ich auch, allerdings ohne Dusche. Ich schlüpfte in ein paar ausgerissene Shorts und ein weißes Tanktop, zog die Sandalen mit den Lederriemen an und fuhr mit den Fingern so lange durch meine Haare, bis sie aussahen, als wäre ich durch einen Wüstensturm gerobbt. Dann lief ich zurück in die Küche, stellte den Korb mit Weißbrot auf den Tisch, holte die Eiswürfel aus dem Tiefkühler und öffnete eine Cola.

Kurz darauf kamen die Gäste.

Mam zelebrierte ihren Auftritt in einem Coco-Chanel-Kleid, das sie vor drei Jahren auf dem Flohmarkt erstanden hatte, und Miss Grehn glänzte in einem schlichten Zweiteiler. Die Männer trugen Jeans und Sakkos und ich fand, dass wir allesamt richtig cool aussahen. Wir plapperten und schnatterten ohne Unterlass, Mam und Miss Grehn gingen dabei eindeutig in Führung.

»Jennifer, weißt du noch, wie du in der dritten Klasse den kleinen Angus verprügelt hast?«

Mam quiekte vor Vergnügen und klatschte in die Hände. »Von wegen klein. Nur blöd, dass ihm heute das beste

Restaurant am See gehört. Ich würde dort gerne essen, aber vermutlich bekäme ich Hausverbot!«

»Du hast Mitschüler verprügelt?«, fragte Tom grinsend.

»Nicht alle«, erwiderte Miss Grehn. »Ein paar hat sie heil gelassen!«

Wir lachten, aßen Melone, und zwischendurch zwinkerte mir Justin immer wieder mal zu. Er sah so umwerfend aus wie Robert Pattinson, und das war Wahnsinn, weil er eigentlich ein ganz normaler Junge war. Kein Schauspieler oder Hollywoodstar, aber wahrscheinlich war das nur noch eine Frage der Zeit.

Ich schob die Pizzen in den Ofen und bald roch es in unserer Küche wie in einer italienischen Osteria.

»Könnt ihr euch noch an unser Spiel erinnern?«, fragte Tom in die Runde, und als wir nickten, wandte er sich an Miss Grehn. »Wir haben früher oft Geschichten erzählt. Jeder eine aus seiner Vergangenheit.«

»Klingt gut«, sagte Linda Grehn. »Ich bin dabei.«

»Wir brauchen ein Thema«, erklärte Tom.

Justin nickte. »Wie wäre es mit *ein seltsamer Tag*?«

Uih, das war verflixt gut. Von meinem seltsamsten Tag (dem letzten Seefest) konnte ich allerdings nicht berichten, das stand fest, und so überlegte ich fieberhaft, was sich stattdessen anbot.

»Ich beginne«, sagte Mam, alle lachten und Tom schenkte ihr noch ein Glas Wein ein. Zu meinem Erstaunen erzählte Mam von unserem Ausflug zur Kanzlei *Torke & Söhne*, von der Erbschaft und dem Geld.

»Irgendwann müsst ihr es ja mal erfahren«, schloss sie ihren Bericht. »Bella und ich sind jetzt reich. Das ist ungewohnt, aber nicht mehr zu ändern!« Tom umarmte meine Mutter, Miss Grehn gratulierte per Handschlag und Justin grinste bis über beide Ohren.

»Da hast du ja ordentlich dichtgehalten«, flüsterte er mir zu.

Ich nickte. *Wenn du wüsstest.*

Ich kann schweigen wie ein Grab.

Dann war Tom an der Reihe und berichtete von einer Fahrt durch die Wüste von Nevada. Dreimal war er an derselben Tankstelle vorbeigekommen. Dreimal war ihm derselbe Hund vors Auto gelaufen, und das, obwohl er nicht im Kreis, sondern einfach nur die schnurgerade Straße entlanggefahren war.

»Gab es eine Erklärung?«, fragte ich.

»Nein, wie gesagt: es war einfach ein seltsamer Tag.«

Die Pizzen waren fertig, und während wir aßen, berichtete Justin von seiner Ankunft an der neuen Schule in den USA, wo ihn die Lehrer fälschlicherweise für einen Russen gehalten hatten.

Er war ein guter Redner, sprach nicht zu schnell, nicht zu langsam und blickte uns abwechselnd an. Manchmal verzog sich sein Mund zu so etwas Ähnlichem wie einem Lächeln, aber es löste sich schnell auf, verblasste wie ein Kondensstreifen am Himmel und machte so wehmütig, als würde man entschwindenden Flugzeugen hinterhersehen.

Und dann war Miss Grehn an der Reihe.

»Ich gehe weit zurück«, sagte sie, »und meine Geschichte hat mit Emilia, eurer Mutter und Großmutter zu tun. Ist das in Ordnung?«

Wir nickten und Miss Grehn begann zu erzählen.

»Es geschah 1963, wir hatten einen heißen Sommer und waren jeden Tag am See oder im Hochmoor. Emilia, Henderson, Joe und ich.«

»Henderson?«, unterbrach Justin. Die Überraschung war ihm deutlich anzusehen, seine Oberarmmuskeln zuckten.

»Der alte Henderson, draußen am Hillmoorhügel. Mittlerweile ist er krank und kommt kaum mehr vors Haus. Er und Emilia hatten damals eine kleine Romanze, und ich war unsterblich in Joe verliebt.«

Uff, das musste ich erst einmal verdauen. Grandma mit einem Henderson und die feine Linda Grehn mit dem wettergegerbten Joe?

»Ein Freund veranstaltete eine Schnitzeljagd, wir vier bildeten eine Gruppe und beschlossen zu gewinnen. Emilia war unglaublich schnell und löste ein Rätsel nach dem anderen, wir fanden immer die richtigen Orte und die neuen Aufgaben, aber es nahm kein Ende. Einen Zettel entdeckten wir am Friedhof, von dort mussten wir weiter ins Hochmoor, bis zu einer Hütte am See. Mittlerweile war ein Gewitter aufgezogen und als wir die Hütte erreichten, waren wir nass bis auf die Knochen.« Miss Grehn machte eine kurze Pause und nippte an ihrem Wein. »In der Hütte stand eine Petroleumlampe, die zündeten wir an und wärmten uns mit alten Pferdedecken, die überall herumlagen. Und dann begannen wir, nach dem nächsten Hinweis zu suchen. Plötzlich riefen Emilia und Joe zeitgleich: *Hier ist er!* Das war seltsam, weil sie in unterschiedlichen Ecken stöberten. Joe hielt einen Zettel hoch, auf dem stand, dass wir zurückkehren konnten. Also brachen wir auf und machten uns auf den Weg nach Hause.«

»Was hatte Emilia denn gefunden?«, fragte Tom.

Linda Grehn schüttelte den Kopf. »Das ging im nachfolgenden Chaos völlig unter. Als wir gingen, muss jemand von uns die Petroleumlampe umgeworfen haben, denn kaum dass wir aus der Tür waren, begann es zu brennen. Wir standen da wie angewurzelt, dann liefen wir einfach weg. In Sunderby angekommen, behaupteten wir, die Hütte hätte schon gebrannt, als wir hinkamen. Die Feuerwehr rückte aus, aber da war nichts mehr zu machen.«

»Seltsam«, sagte Mam. »Meine Mutter hat nie etwas davon erzählt.«

»Tagelang schlichen wir mit hängenden Köpfen herum«, fuhr Miss Grehn fort, »und lebten in der Angst, dass jemand die Wahrheit herausfand. Aber wen interessierte schon eine alte Hütte? So wuchs Gras über die Sache und auch wir vergaßen die Geschichte. Bis wir uns vor einem Jahr zufällig im Seerestaurant an der Promenade trafen. Der alte Henderson trank einen Kaffee und ich setzte mich zu ihm. Kurze Zeit später spazierte Emilia vorbei und dann kam Joe vom Fischen. Und nun«, sagte Miss

Grehn, »erzähle ich euch von *meinem* seltsamen Tag. Ich erlebte ihn nämlich nicht 1963, sondern erst letztes Jahr an der Strandpromenade.«

»Sie machen es echt spannend«, sagte Justin, stützte die Arme auf den Tisch und beugte sich nach vorne. »Darf ich raten, was passiert ist?«

»Bitte«, sagte Miss Grehn und lächelte.

»Einer von Ihnen gestand, das Feuer absichtlich gelegt zu haben!«

Miss Grehn schüttelte den Kopf.

»Meine Mutter Emilia erklärte, was sie damals gefunden hatte«, tippte meine Mam, doch Miss Grehn schüttelte erneut den Kopf.

»Einer der drei erzählte etwas, womit Sie nicht gerechnet haben«, mutmaßte Tom und nun lächelte Miss Grehn.

»Etwa meine Großmutter?«, fragte ich leise und Linda Grehn nickte.

12. Kapitel

Es war schon verrückt, wie präsent eine Person plötzlich ist, wenn man über sie spricht.

Im Nachhinein fühlte sich der Abend für mich so an, als hätte meine Großmutter daran teilgenommen.

»Was hat Emilia denn gesagt?«, fragte meine Mutter, die ihre Stimme zu einem Flüstern gesenkt hatte. Ein Luftzug fuhr durch die Fenster, die Kerzen flackerten und die ganze Szenerie wirkte irgendwie spooky.

Miss Grehn griff nach einem Stift und kritzelte Linien auf ihre Serviette. Es sah aus wie ein Lageplan, eine Skizze der Grundstücke am Seeufer. Eine Stelle markierte sie mit einem Kreuz.

»Der alte Henderson erzählte uns, dass die Hütte auf einem Grundstück stand, das damals zu den Ländereien seiner Familie gehörte.« Miss Grehn tippte auf die Markierung und lächelte. »Er fand es wohl witzig, dass wir unwissentlich Familienbesitz zerstört hatten. Ich aber wollte nicht mehr an diesen Tag erinnert werden. Als ich eine entsprechende Bemerkung machte, drehte sich Emilia zu mir herum und blitzte mich an. *So, du möchtest diesen Tag also am liebsten vergessen?* sagte sie. *Für mich war es mit Abstand der beste, den ich je erlebt habe. Und für euch im Übrigen auch.* Dann stand sie auf, zahlte die Rechnung und rauschte davon. Wir saßen sicher noch eine Stunde zusammen und überlegten, was sie damit gemeint haben mochte, fanden jedoch keine Erklärung. Ich werde nie vergessen, wie Emilia dagesessen und gelächelt hat, bewegungslos, wie in Stein gemeißelt. Nur die Hände hat sie sich gerieben, sie hatte wohl Arthritis in den Gelenken.«

»Eigentlich nicht«, sagte Mam.

Der Ring, dachte ich.

Grandma hatte ihren Ring gestreichelt.

Während sie ihren Freunden erklärte, dass jener Tag im Sommer 1963 ein Schicksalstag gewesen war, allerdings ein freudiger und der beste, den sie je erlebt hatte, streichelte sie ihren geheimen Schatz. Und das konnte nur eins bedeuten: An jenem Tag hatte sie den Ring gefunden.

In irgendeinem Eck der alten Hütte, die keine fünf Minuten später abgebrannt war. Es war die einzige Erklärung, die ich hatte.

»Merkwürdig, dass ich von dieser ganzen Sache noch nie gehört habe«, erklärte Mam. »Leider habe auch ich keine Erklärung für das Verhalten meiner Mutter, es ist wirklich eine seltsame Geschichte.« Sie schenkte der alten Dame noch ein Glas Wein ein, dann bereitete sie das Dessert zu und ich räumte den Tisch ab.

Die bemalte Papierserviette von Miss Grehn legte ich ganz oben auf den Berg von Tellern und als ich an der Spüle stand, ließ ich sie in meine Hosentasche gleiten. Justin stand auf und kam zu mir herüber. »Was machst du denn mit der Serviette?«, fragte er, sein Mund berührte mein Ohr und die geflüsterten Worte kitzelten mich am Hals.

»Wir verwenden Papierservietten immer zweimal«, erwiderte ich leise. »Aber das wissen unsere Gäste nicht, also halt die Klappe.«

Justins Lachen war das zweite, was ich von jenem Abend in Erinnerung behielt. Es war so faszinierend wie ein Vollmond am Gewitterhimmel und hatte die gleiche Wirkung: es ließ mich nicht schlafen. Irgendetwas an Justin irritierte und beschäftigte mich dermaßen, dass ich meine gewohnte Ruhe verlor und nachts wach lag. Doch was es war, konnte ich nicht benennen. Unsere lange Freundschaft, die Sache mit den Lederbändern, der Blick, mit dem er mich manchmal ansah, oder sein Lachen – alles war irgendwie vertraut und doch ganz neu.

Am nächsten Morgen schwang ich mich aufs Fahrrad und fuhr zum Hillmoor Hügel. Als Erstes stattete ich meiner Großmutter einen Besuch ab und legte ein paar Blumen aufs Grab. Ich hatte sie am Gartenzaun von Kenneth Korkum entdeckt, Sunderby-Rosen in ihrer schönsten Blüte.

»Rede mit mir«, sagte ich erneut.

Doch Grandma schwieg noch immer.

»Ich fahre jetzt dorthin, wo diese alte Hütte stand. Du

weißt schon, die abgebrannt ist. Ich denke, dass du dort den Ring gefunden hast.«

Keine Reaktion.

»Blöd nur, dass das Grundstück den Hendersons gehörte und der Ring damit auch. Vielleicht sollte ich ihn der Familie zurückgeben?«

Ich weiß nicht, warum mir das plötzlich durch den Kopf schoss und welchen Unterschied es überhaupt machte, ob der Ring bei mir oder den Hendersons war.

Aber jetzt passierte etwas. Eine Windbö fuhr durch die Erlen und sie begannen zu rauschen. Ganz kurz nur, wie ein aufgescheuchter Haufen wilder Hühner.

Du musst ihn behalten.

Na endlich.

»Ach, ich weiß nicht«, sagte ich. »Ich mag die Hendersons nicht besonders, es sind dumme und primitive Typen. Aber Eigentum ist nun einmal Eigentum.« Jetzt provozierte ich Grandma offen und es wirft vielleicht kein gutes Licht auf mich, aber: Es machte mir Spaß.

Du wirst ihn brauchen.

»Warum?«, fragte ich, doch ich erwartete keine Antwort mehr. Ich hatte Großmutters Brief gelesen: Ihr und Sunderby stand nichts Gutes bevor, und was ihre Person betraf, hatte sie zumindest recht behalten.

Ich setzte mich auf den Stein vor ihrem Grab, zog die Serviette aus der Tasche und studierte Miss Grehns Plan. Dann warf ich Grandma einen Luftkuss zu, schwang mich aufs Fahrrad und radelte den Hillmoor Hügel auf der anderen Seite hinunter. Wenn ich erforschen wollte, was Großmutter widerfahren war, musste ich in ihre Fußstapfen treten, mich in sie hineinversetzen und ihren Schritten folgen. Offenbar hatte sie den wichtigsten Tag ihres Lebens im Hochmoor erlebt, also musste ich mit meiner Suche an derselben Stelle beginnen.

Ich bog in einen Wanderweg ein und fuhr zwischen meterhohem Schilf hindurch in Richtung See. Es roch nach brackigem Wasser, Libellen schwirrten durch die Luft und ich war froh, dass es noch zu heiß für Mücken und Schnaken war, sonst wäre ich zum Streuselkuchen mutiert.

Als das Schilf sich lichtete, führte der Weg durch sumpfige Wiesen und kleine Erlenwäldchen. Endlich gelangte ich auf eine Anhöhe in der Nähe des Sees, hier irgendwo musste die Hütte gestanden haben. Ich lehnte das Fahrrad an einen Baum, ging zu Fuß weiter und dann sah ich es: verkohlte Baumstümpfe umrahmten einen kleinen Platz und zwei angebrannte Bretter waren das Einzige, was von der Scheune übrig war. Ich kniete mich auf den Boden und wühlte mit der Hand in der Erde, ließ Sand und Asche durch meine Finger gleiten, aber außer den Resten einer Petroleumlampe und ein paar Scherben förderte meine Suche nichts Wesentliches zutage. Also setzte ich mich auf einen Baumstumpf und stellte mir vor, was Großmutter erlebt haben mochte. Sie hatte den Ring gefunden und vielleicht sogar für einen kurzen Moment geglaubt, dies sei ein Hinweis, der zur Schnitzeljagd gehörte. Doch dann hatte Joe den Zettel mit der Anweisung präsentiert, die

Freunde waren aus der Hütte gelaufen und sie war abgebrannt. Grandma konnte den Ring niemandem zurückgeben, weil sie ja behauptet hatte, nicht in der Hütte gewesen zu sein. Gleichzeitig wusste sie noch nicht, wie man den Ring einsetzte, sonst hätte sie den Brand ungeschehen gemacht. Sie musste es in den nächsten Tagen, Wochen oder vielleicht sogar Jahren herausgefunden haben. Und dann? Hatte sie den Ring benutzt und wenn ja, wofür?

Ich setzte mich auf einen Baumstumpf, zog meine Wasserflasche und ein Brötchen aus meinem Rucksack und dachte nach. Natürlich hatte sie ihn benutzt, sonst wäre dieser Tag nicht zum wichtigsten ihres Lebens geworden. Und sie hatte ihn nicht nur für sich verwendet, sondern auch für ihre Freunde, anders war ihre Äußerung auf der Strandpromenade nicht zu interpretieren. Doch irgendetwas störte mich daran. Warum sollte Großmutter ihn für ein paar alte Freunde eingesetzt haben? Das Wort *Freundschaft* kam in ihrem Sprachgebrauch kaum vor. Ich erinnerte mich an einen Nachmittag am See, als Grandma mir erklärt hatte, dass Freunde hilfreich waren, wenn man alleine auf Reisen war. War man es nicht, konnte man gut und gern auf sie verzichten.

Ich schüttelte den Kopf, nein, die Sache war anders gelaufen: Grandma hatte den Ring für das Wohl und Wehe des Ortes eingesetzt, von Anfang an ging es um Sunderby! Diese Erkenntnis traf mich wie ein Blitz aus heiterem Himmel, denn sie erklärte alles. *Sie sagte in den passenden Momenten immer genau das Richtige*, hatte Kenneth Korkum

Großmutters Rolle auf den Versammlungen beschrieben. Und Justin hatte festgestellt, *dass in Sunderby nie etwas wirklich Schlimmes passierte*. Wir hatten ihm recht gegeben und ich dachte an meine Rede auf dem Seefest, an die seltsamen Worte, die in meinen Ohren nie einen Sinn ergeben hatten: *In den Irrtümern der Zeit steckt das Geheimnis unseres Ortes, in den Verfehlungen seine Möglichkeiten. Sunderby ist nicht, was geschieht, sondern das, was nicht geschieht.*

Da war es, das Geheimnis unseres Ortes! Es wurde in der Rede zum Seefest explizit benannt und deshalb hatte ausgerechnet ich, die lausigste Rednerin des Ortes, die Ansprache halten sollen: weil sie mir die erhoffte Erklärung bot! In Sunderby konnten wir die Irrtümer der Zeit ungeschehen machen, mithilfe des Rings funktionierte es, und das war unser Geheimnis, das Erfolgsrezept des gesamten Dorfes. Das echte Sunderby hatte nur Grandma kennengelernt: einen Ort mit Fehlentscheidungen, Rückschlägen und Unglücken. Alle anderen erlebten nur die von Grandma beeinflusste Wirklichkeit. Sie musste alle Hände voll zu tun gehabt haben, um das Schicksal all dieser Menschen mitzugestalten.

Ich saß eine Weile verblüfft und so reglos da, dass sich ein Schmetterling auf meinem Fuß niederließ.

Und nach und nach wurde mir klar, was das bedeutete: Grandma hatte *mir* den Ring vermacht und Sunderbys Glück war ihr Vermächtnis, das sie in meine Hände gelegt hatte.

13. Kapitel

Großmutter hatte also ihren Freunden und den Bewohnern von Sunderby geholfen. Eigentlich lag alles so glasklar vor mir wie ein Gebirgssee nach der Schneeschmelze. Aber wie hatte sie es gemacht? Der Ring verschaffte ihr jedesmal nur eine einzige Stunde und ich konnte nicht erkennen, wie man in dieser Zeit größere Probleme bedenken, beiseiteschieben oder gar beseitigen konnte.

Ich dachte an Atlanta und ihre Angst vor Krankheiten, an Mams Suche nach dem richtigen Mann, an Miss Grehn und ihre altersbedingte Zerbrechlichkeit. Markos finanzielle Nöte waren kein Problem, da brauchte man eigentlich nur die Ziehung der Lottozahlen abzuwarten und … nein, auch das funktionierte nicht. Jeanette Riccardi nahm die letzten Lottoscheine um fünf Uhr abends an und die Ziehung war um acht. Keine Chance, die Zahlen abzuwarten und am Ring zu drehen, auch hier genügte eine Stunde nicht.

Ich saß auf der Bank unter den Kastanienbäumen und dachte nach.

Am Marktplatz dehnt sich die Zeit, geht in der Endlosigkeit kleiner Beobachtungen verloren. Hier hat man die besten Einfälle und kreativsten Ideen, und wenn man dann vom Marktplatz nach Hause kommt, staunt man, wie spät es schon geworden ist. Vielleicht liegt es an den vielen Menschen, die vorbeikommen und mit einem plaudern. Oder an den Geschichten, die diese Menschen mit sich herumtragen. Jedenfalls ist die Bank unter den Kastanienbäumen ein toller Platz, um nachzudenken, die Bewohner von Sunderby zu beobachten oder sich mit ihnen zu unterhalten.

Ich starrte auf das bunte Treiben und staunte. All diesen Menschen hatte Grandma geholfen. Und keiner von ihnen wusste davon, das war einfach unglaublich! Aber wie hatte sie es angestellt?

Vielleicht hatte sie die Leute gefragt, was sie sich wünschten, ihnen dann mithilfe des Rings die Erinnerung genommen und die Wünsche erfüllt. Nur wie? Der Ring hatte meiner Großmutter zwar stundenweise Zeit geschenkt, sie aber nicht zur Magierin gemacht.

Nein, ganz sicher nicht. Aber mit ein bisschen Geschick, Überlegung und Strategie hatte Grandma vielleicht tatsächlich ein paar Dinge einfädeln und wahrmachen können ... Ich musste es einfach selbst ausprobieren, und zwar auf jede erdenkliche Weise.

In diesem Moment entdeckte ich Tom, er war auf dem Weg ins *Ten to Five*. Ich sprang auf und lief zu ihm hinüber.

»Der gestrige Abend war toll«, sagte ich zur Begrüßung. Als Erstes wollte ich Mam helfen, den richtigen Mann zu finden. »Ich habe meine Mutter lange nicht mehr so fröhlich gesehen.«

»Dann sollte ich vielleicht der Chocolaterie einen Besuch abstatten?«, erwiderte Tom. »Was meinst du?«

»Unbedingt«, sagte ich, lächelte und ging zurück zu meiner Bank. Hey, das hatte ich gut gemacht und ich war stolz auf mich.

Justin kam auf mich zu und rutschte neben mich auf die Bank.

»Da bist du, ich such dich schon. Wo warst du?«

Ich zog die Serviette aus der Tasche und er grinste. »Natürlich, die Hütte! Und, bist du dem Geheimnis auf den Grund gegangen?«

»Es passiert so viel in letzter Zeit«, erwiderte ich, weil ich nicht so recht wusste, was ich sagen sollte. »Es ist eine lange Geschichte und kaum zu erklären. Ich glaube, ich muss anderen Menschen helfen.«

»Du warst bei der Hütte und jetzt willst du anderen Menschen helfen? Das ist echt schräg, Candy. Wem denn genau?«

»Den Leuten in Sunderby. Marko vielleicht, er braucht Geld.«

Justin grinste. »Wenn ich Marko richtig einschätze, will er seine Kohle hart erarbeiten und selbst verdienen.«

»Dann helfe ich *dir*. Was wünschst du dir?«

Justin lachte. »Ich bin wunschlos glücklich. Ich wollte immer nach Sunderby zurückkehren. Und das hat geklappt.«

Das war Justin, so kannte ich ihn. Wenn wir früher in der Schule gefragt worden waren, welche Noten wir gerne hätten, sagte er: »Die ich verdiene.« Und wenn wir in den Sommerferien überlegten, auf welche Weise wir unsere Zeit verplempern konnten, war ihm jede Idee willkommen. Nicht, weil er einfallslos gewesen wäre, er war einfach enorm bescheiden und mit praktisch allem zufrieden.

»Trotzdem, die Idee, anderen Menschen zu helfen, gefällt mir.« Justin legte seine Hand auf meine Schulter, lächelte mich an und sein Lächeln war neu, irgendwie anders als sonst, eine Spur wärmer. Verwirrt pustete ich mir ein paar Haarsträhnen aus dem Gesicht.

Dann musste Justin auch schon wieder los, das Gepäck aus den USA sollte geliefert werden, und wir verabschiedeten uns.

Fünf Minuten später setzte sich Franzen neben mich. Er ist ein feiner Kerl und außerdem Sozialist. Keiner, der Streiks organisiert oder an Festtagen mit einer roten Flagge oder Flugblättern herumläuft, Franzen ist einer von den Stillen, trägt eine Schiebermütze und kaut an den Fingernägeln herum.

Während er sich den Schweiß von der Stirn wischte, stöhnte er: »Am Seeufer will ein Investor einsteigen. Hotelkette, Übernahme der bestehenden Häuser.« Ich war mir nicht sicher, ob er mit mir sprach, und irgendwie hörte ich ihm auch gar nicht richtig zu. Doch dann sah er mich an und aus seinem Blick sprach Bedauern. »Ich hatte so sehr auf deine Großmutter gehofft. Sie war dagegen und wollte es auf der letzten Versammlung bereinigen. Aber sie tat es nicht.«

Stopp.

Ich verscheuchte alle anderen Gedanken.

»Könnten Sie das bitte noch einmal wiederholen«, bat ich.

»Sie wollte es in Ordnung bringen, und immer wenn sie so etwas ankündigte, tat sie das auch. Doch leider nicht beim letzten Mal. Jetzt steht es schlimm um Sunderby, denn dieser Investor ...«

Den Rest verstand ich nicht, ich hatte keine Ahnung von Investitionen, Spekulationen oder Hotelketten am Seeufer. Was mir im Moment wichtiger erschien, war die Tatsache, dass Franzen ein wenig Licht ins Dunkel gebracht hatte. Großmutter war im Begriff gewesen, auf der letzten Versammlung etwas zu verhindern, doch es war ihr nicht gelungen. Ob sie sich deshalb so aufgeregt hatte?

Das musste ich unbedingt Atlanta erzählen, vielleicht konnte sie heute Abend bei mir übernachten. Das hatten wir viel zu lange nicht mehr gemacht: eine Pyjamaparty zu zweit, stundenlanges Lachen und einen guten Film, zwei Becher Eiscreme und Käsechips aus der Tüte.

Atlanta sagte sofort zu und Mam war glücklicherweise verabredet, wir hatten also sturmfreie Bude. Als Erstes kochten wir uns das Gericht Nummer zwei. Dann warfen wir uns vor die Glotze, stopften ein Kilo Eiscreme in uns hinein und als der Film zu Ende war, hatten wir das Gefühl, nie wieder was essen zu können. Wir nahmen es locker, das gehörte zu einem Abend wie diesem dazu, und als es uns wieder besser ging, erzählte ich Atlanta von den Investoren. Wie immer hörte sie aufmerksam zu, doch ihre Reaktion fiel recht nüchtern aus. Sie glaubte nicht, dass dies die Gefahr war, von der Grandma gesprochen hatte. Die meisten im Ort fanden die Sache mit den Investoren gut und der Bau von Hotels würde Sunderby wohl kaum ins Unglück stürzen, sagte sie. Selbst wenn meine Großmutter dagegen gewesen war.

Atlanta ist einfach klug. Sie behält immer das große Ganze im Blick.

Als wir später in meinem Bett lagen und über einzelne Bewohner von Sunderby und unsere Mitschüler in Internat und Schule lästerten, beschloss ich, sie zu wichtigeren Dingen zu befragen.

»Stell dir vor, du hättest einen Ring, der eine Stunde ungeschehen macht, und könntest anderen helfen. Was würdest du tun?«

»Ist diese Idee nicht ein bisschen cheesy?« Atlanta liebte dieses Wort, das so viel bedeutete wie käsig, kitschig oder schnulzig.

Wenn du wüsstest, dachte ich, *du würdest dein letztes Hemd für diesen Ring geben.* »Betrachte es als Denksportaufgabe.«

Atlanta sog die Luft ein und starrte an die Decke. Als ich schon glaubte, sie mit meiner Frage in den Schlaf gelullt zu haben, drehte sie sich zu mir um, stützte sich auf ihre Unterarme und grinste mich an.

»Ich würde mich vor den Friseursalon stellen. Und wenn ein Kunde bedauert, die Frisur gewechselt oder seine Haare verloren zu haben, dreh ich den Ring zurück. So lange bis jeder happy ist.«

Ich musste lachen. »Das ist nichts Wichtiges.«

»Findest du?« Atlanta strich sich durch ihre Haare. »Ich würde gerne diese Prinz-Eisenherz Frisur loswerden. Aber ich trau mich nicht.«

»Was ist denn falsch an deiner Frisur?«

»Sie ist nicht gerade sexy. Aber wenn die Friseuse Mist baut, sieht es hinterher blöder aus als vorher.«

Ich grinste und machte mir einen stillen Vermerk: *Mit Atlanta zum Friseur gehen, Ring mitnehmen.* »Was noch?«, fragte ich.

»Ich würde meiner Mutter einen Nebenjob suchen. Sie wünscht sich nichts sehnlicher, als zu arbeiten und ein bisschen Geld zu verdienen. Aber sie weiß nicht, was ihr Spaß macht, und traut sich nicht. Mit so einem Ring könnte sie tausend Dinge ausprobieren.«

Das war interessant. Atlanta würde den Ring in Situationen einsetzen, in denen eine Person Angst hatte oder sich nicht traute. Sie würde neue Dinge ausprobieren, ohne fürchten zu müssen, daran zu scheitern. Auf diese Idee war ich bis jetzt noch gar nicht gekommen.

»Noch etwas?«, fragte ich. Doch Atlanta fiel nichts mehr ein, und ich drehte am Ring. Was den blöden Nebeneffekt hatte, dass wir wieder vor dem Fernseher landeten. Jetzt waren wir schon zum zweiten Mal an diesem Abend pappsatt, ich holte zwei Gläser Wasser, zog Atlanta vom Sofa, und als wir in meinem Zimmer waren, knipsten wir das Licht aus und gingen schlafen.

Am nächsten Tag wollte ich Marko nach den Möglichkeiten des Rings befragen. Entweder würde ich seine Antwort nicht verstehen, oder sie war der Knaller, so viel war sicher. Ich traf Marko in der Surfschule. »Hast du kurz Zeit?«, fragte ich ihn und als er sich zu mir setzte, stellte ich ihm die gleiche Frage wie Atlanta.

»Interessante Idee«, sagte Marko. »In der Seenotrettung hätten wir eine Stunde mehr. Vielleicht ließen sich Unfälle vermeiden.«

»Noch was?«

»Das Wichtigste daran wäre, dass die Menschen ruhiger leben könnten. Weil sich vieles verwirklichen und anderes vermeiden ließe.«

»Ähm, ja«, sagte ich. »Die Leute würden es aber nicht bemerken.«

»Ach, so ein Ring wäre das?«, sagte Marko und lachte. »Es macht keinen Unterschied, sie würden trotzdem ruhiger leben. Weil nichts mehr passiert und sie sich irgendwann an den himmlischen Zustand gewöhnen. Glaub mir, die Menschen wären glücklicher.«

Natürlich, so funktionierte es.

Deshalb war Sunderby ein Ort der Glückseligen, ein

Nest der Zufriedenheit und des Wohlstands. Weil es genau so lief, wie Marko es beschrieben hatte. Es war unglaublich, aber langsam verstand ich, dass Sunderbys gesamte Geschichte mit Großmutter und ihrem Ring zu tun haben musste.

»Ich danke dir«, sagte ich, drehte die Zeit zurück, und als ich erneut an der Surfschule vorbeiging, merkte ich plötzlich, wie müde ich war.

Die Zeitreisen raubten Kraft, hoffentlich klauten sie nicht auch meine Lebenszeit. *Du hast zu viele Märchen gelesen*, dachte ich. Aber dann musste ich lachen, denn diese ganze Geschichte war weit mehr als ein Märchen. Viel gewaltiger und tatsächlich wahr.

14. Kapitel

Bei all dem Trubel war ich noch gar nicht dazu gekommen, meine Mutter nach dem gestrigen Abend zu befragen. Atlanta und ich hatten ewig geschlafen und als wir aufwachten, war Mam längst in der Chocolaterie. Dorthin ging ich jetzt.

»Schön, dass du vorbeikommst«, sagte Mam und zog mich in die Küche. »Ich muss mit dir reden.«

Ich zwinkerte ihr zu und freute mich auf das, was sie mir sagen würde. Denn natürlich hatte sie den Abend mit Tom verbracht und vielleicht ... Doch es kam anders als erwartet.

»Ich war gestern mit Johnny aus. Du weißt schon, Johnny Winter.«

Ich versuchte das Gehörte zu verdauen.

»Mit Johnny? Ich dachte, du hättest ...« Ich verstummte.

»Und nun ist es so«, fuhr Mam fort, und während sie nach Worten suchte, suchte ich nach einem Stuhl, auf den ich mich setzen konnte. Irgendwie ahnte ich, dass mich gleich der Schlag treffen würde.

»Wir sind wieder zusammen.«

»Nein«, japste ich. »Nicht mit dem.«

Johnny war arrogant, besserwisserisch und nervig. Wenn er lächelte, gefror das Wasser in den Leitungen, und wenn er Mam umarmte, roch sie stundenlang nach billigem Aftershave. Er war der Typ Mann, der wusste, wie gut er aussah und welche Wirkung er auf Frauen hatte. Aber es gab nichts an ihm, rein gar nichts, das diese Wirkung rechtfertigte.

»Schätzchen«, sagte Mam begütigend. »Er ist wirklich ein netter Kerl, wenn man ihn erst mal näher kennt. Und er tanzt wie ein Gott.«

Oh, Mam, dachte ich. *Wir beide sind echt verschieden.*

Ich band mir eine Schürze um und stürzte nach draußen. Auf der Terrasse saßen Touristen, an denen ich mich abarbeiten konnte, und während ich Bestellungen aufnahm und die Kaffeemaschine bediente, fuhren meine Gedanken Achterbahn. Wie konnte das sein? Tom und Justin waren zurückgekommen, wir hatten zwei wunderschöne Abende miteinander verbracht und Mam hatte so glücklich gewirkt. Dann tauchte dieser Langweiler plötzlich wieder auf und wickelte sie um den Finger ...

»Dürften wir etwas bestellen«, sagte ein Herr mittleren Alters und lächelte. »Oder möchten sie lieber zuerst etwas Geschirr zerschlagen?«

»Das wäre eine feine Sache«, erwiderte ich. »Aber der Laden gehört meiner Mutter.«

Die Gäste lachten und im Stillen dankte ich dem Mann, denn er hatte mich auf den Boden der Tatsachen zurückgeholt. Ich musste kein Geschirr zerschlagen, keinen Johnny Winter akzeptieren und auch sonst nichts. Denn ich hatte einen Ring.

Und Johnny hatte nix außer seiner großen Klappe.

Gut gelaunt stürzte ich mich in die Arbeit, half ein paar Stunden aus, dann band ich die Schürze ab und gab meiner Mam einen Kuss. »Sorry. Aber ich glaube, dass du jemand anderen verdient hast.«

Und damit war ich schon aus der Tür. Als Erstes ging ich zu Atlanta. Sie saß in ihrem Zimmer und lernte Englisch. Unfassbar, mitten in den Ferien. »Ich habe eine Idee«, sagte ich ohne Umschweife. »Hast du dir nie überlegt, deine Frisur zu ändern?«

Atlanta starrte mich an. »Schon, aber ...«

»Dann komm mit.«

Und ehe sie wusste, wie ihr geschah, bugsierte ich sie aus ihrem Zimmer und schleifte sie hinter mir her bis zum Marktplatz und weiter zum Friseur. Doch nun bekam sie es mit der Angst zu tun. »Was, wenn die Friseuse Mist baut?«

»Das wird nicht passieren«, erwiderte ich. »Sag ihr, sie soll nur wenig abschneiden, aber einen neuen Look ausprobieren. Und wenn das nicht klappt, kann sie deine alte Frisur wiederherstellen.«

Ich lächelte und strich zärtlich über meinen Ring.

Atlanta bekam tatsächlich einen Termin. Während ich mich auf die Stufen vor dem Friseursalon setzte und auf sie wartete. Zehn Minuten, fünfzehn Minuten, und als es gerade langweilig werden wollte, sah ich Johnny Winter. Er parkte seinen silbergrauen Porsche in einer der Parkbuchten und stieg aus. Hatte der Typ keine Arbeit oder sonst nichts zu tun? Offenbar, denn jetzt griff er nach einem Blumenstrauß, wickelte ihn aus dem Papier, dann zog er sein Sakko aus, legte es auf den Rücksitz und schloss die Autotür.

Ich sprang auf und bummelte zu ihm hinüber.

»Ich wollte eben zu deiner Mutter«, sagte er und nickte mir zu. Kein *Hallo*, kein Lächeln, nichts, der Mann hatte einfach keine Manieren. »Eine famose Idee«, sagte ich und konzentrierte mich auf die Blumen: zwei Astern, drei Rosen, Äste mit dunklen Beeren, Grünzeug und lila Kornblumen. Sehr hübsch und sicher nicht billig.

»Grüßen Sie meine Mutter«, sagte ich und drehte ein wenig am Ring.

Der Sturm fegte mich zurück auf die Stufen des Friseursalons, Johnny Winter und sein Auto waren verschwunden. Ich hatte nicht viel Zeit, also los! Mein Ziel waren Kenneth Korkum und sein blühender Garten. »Ich brauche Astern«, rief ich dem Künstler über den Zaun hinweg zu. »Rosen, Äste mit dunklen Beeren, Grünzeug und lila Kornblumen. Bitte, das wäre sehr nett und es eilt.«

Kenneth wischte seine Hände an der Hose ab, griff nach einem Messer und machte sich auf die Suche. Nach wenigen Minuten hatte er einen Strauß zusammengestellt, der genauso aussah wie der von Johnny. Ich bedankte mich und eilte zur Chocolaterie.

»Stell dir vor«, sagte ich und überreichte ihn Mam, »die Blumen sind von einer Hochzeit im Nachbarort. Sie verschenken sie, ganz umsonst, oben am Parkplatz.«

Meine Mutter roch an ihnen und war vor Freude ganz aus dem Häuschen. Der Strauß von Johnny war erledigt! Männliche Schnäppchenjäger waren ihr zutiefst unsympathisch und Geschenke ihrer Partner hatten als Maßstab ihrer Gefühle für sie einen hohen Stellenwert.

Ich machte, dass ich aus dem Haus kam, und rannte zurück. Gerade noch rechtzeitig, um beobachten zu können, wie Johnny in seinem Porsche angebraust kam und mit dem Blumenstrauß in der Hand ausstieg. »Na dann, viel Spaß«, murmelte ich und grinste.

Eine Stunde später kam Atlanta aus dem Friseursalon. Den Ring brauchten wir nicht, sie sah fantastisch aus! Ihr Pony war wild zerzaust, die Frisur unterschiedlich lang gestuft und sie strahlte bis über beide Ohren. Zur Feier des Tages lud sie mich auf ein Eis ein. Weil ich es geschafft hatte, ihre Gedanken zu lesen und ihre Wünsche zu erraten. Und weil sie mich für hochsensibel und feinsinnig hielt!

Am Nachmittag schlenderte ich zur Strandpromenade, setzte mich auf die Mauer am Ufer und dachte über meine nächste Aktion nach: Marko brauchte Geld, sein Taschengeld war mager und reichte meist nicht. Banküberfälle oder räuberische Aktionen schieden aus. Im *Ten to Five* gab es Lotterielose, doch Glücksspiel war für Minderjährige verboten. Und Justin hatte schon recht: Marko war ein Mensch, der seine Probleme gern alleine löste. Vielleicht musste man ihm das einfach nur ermöglichen.

Ich sprang von der Mauer, marschierte zur Surfschule und hatte Glück. Markos Chef war im Bootshaus, ein junger Mann, der den Sommer über in Sunderby lebte. Ich trat auf ihn zu und fragte, ob Marko nicht vielleicht eine Gehaltserhöhung bekommen könnte.

Markos Chef sah mich an, als wäre ich ein Alien.

»Warum bittet er nicht selbst darum, und ... wer bist du überhaupt?« Dann schüttelte er den Kopf. »Wir haben Einheitstarife.«

»Das würde ich verstehen, wenn hier mehr Leute angestellt wären. Doch soweit ich weiß, ist Marko Ihre einzige Aushilfe.«

Nun war ich mehr als ein Alien. Ich war die außerirdische Bewohnerin einer feindlichen Galaxie, eines extrem gefährlichen Sterns.

»Pass mal auf«, knurrte der Typ. »Meine Geschäftspraktiken musst du schon mir überlassen. Wäre dein Marko ein gefragter Surfer mit jeder Menge Angeboten, würde der Preis hochgehen. So jedoch nicht.«

Wortlos ließ er mich stehen und ich war um eine Erkenntnis reicher: Erhöhte sich die Nachfrage, stimmte auch die Bezahlung. Das war jedoch nichts, was man nicht beeinflussen konnte. Ich drehte an meinem Ring, rief diverse Surfschulen an und fragte, ob sie einen Surfer brauchen konnten, der in den Ferien jobben wollte.

Bereits das zweite Telefonat war erfolgreich. »Wir können im Moment jede Hilfe brauchen«, sagte eine freundliche Frauenstimme.

»Wunderbar«, erwiderte ich, »ich verbinde Sie weiter. Fragen Sie nach Marko und erklären Sie, worum es geht.«

Ich kehrte ins Bootshaus zurück, reichte dem Typen mein Handy, und bevor der überhaupt verstand, worum es ging, hatte ihm die nette Dame am anderen Ende erklärt, dass sie Marko gerne einstellen würde. In der Surfschule am Ostufer. Am besten sofort.

»Das richte ich ihm auf gar keinen Fall aus«, sagte Markos Chef.

»Aber ich«, erwiderte ich und griff nach meinem Handy. »Ich bin nämlich eine Freundin von Marko. Er ist unterbezahlt und wenn Sie nicht was drauflegen, werde ich ihm raten, das Angebot anzunehmen.«

Dann verließ ich fröhlich pfeifend das Bootshaus und ging nach Hause.

An diesem Nachmittag lernte ich fünf Dinge:

1. *Nicht alles, was gut gemeint ist, kommt gut an.*
   Mam saß auf der Couch, hatte verweinte Augen und schniefte in ein Taschentuch. »Stell dir vor«, schluchzte sie. »Dieser Mistkerl hat mir den gleichen Strauß geschenkt wie du und behauptet, er hätte ein halbes Vermögen dafür ausgegeben.«

2. *Nicht alles, was schlecht ankommt, führt zur Trennung.*
»Wir haben uns furchtbar gestritten«, fuhr Mam fort. »Aber ich hoffe, das kommt wieder ins Lot. Wir hatten doch vor, an einem der nächsten Wochenenden zu verreisen.« Ich fragte nicht, wie sie das machen wollte. Mit der Chocolaterie und mir und dem ganzen anderen Kram. Das Leben und die Liebe waren offensichtlich komplizierter als gedacht.

3. *Alles Schlechte beinhaltet immer auch etwas Gutes.*
»Atlantas Mutter sucht einen Job«, sagte ich deshalb nur. »Falls du verreisen willst, könnte sie doch in der Chocolaterie aushelfen.«
Mam war ganz angetan von der Idee und gab mir einen Kuss.

4. *Und für das eine Gute lohnen sich die Fehlschläge.*
Marko rief an. Er hatte eine Gehaltserhöhung bekommen und sein Chef war mächtig sauer auf mich. Marko verstand zwar nicht ganz, wie ich das gemacht hatte, war aber unglaublich happy.

5. *Anderen zu helfen, ist schwierig*
Das war das Fazit meines Tages: Mam hatte sich mit Johnny gestritten, Atlanta hatte eine neue Frisur und Marko war vor Freude ganz aus dem Häuschen. Meine Großmutter musste in Sunderby eine Monsterarbeit verrichtet, aber nie jemandem davon erzählt haben. Sie

hatte nie damit geprahlt und ich bewunderte sie mehr denn je. Wie konnte sie hoffen, ich würde in ihre Fußstapfen treten können, wo doch meine Füße so klein und ihre Stapfen so groß waren. Ob sie geglaubt hatte, dass ich es trotzdem schaffe?

15. Kapitel

Zu wissen, dass Grandma mit dem Ring in die Geschicke von Sunderby eingegriffen hatte, war wie Öl für mein Getriebe. Mein innerer Motor lief auf vollen Touren und ich zerbrach mir Tag und Nacht den Kopf, wie sie wohl vorgegangen war. Ich hatte nicht die leiseste Ahnung, aber Grandma hatte *mir* den Ring vermacht (und nicht Mam), sie hatte *mich* ausgesucht und das hieß, dass sie an meinen Erfolg geglaubt hatte.

Ich schlüpfte in meine Sandalen, verließ die Wohnung und marschierte zum Gemeindesaal am Ortsausgang. Er befand sich in einem alten Bahnwärterhäuschen und stammte aus einer Zeit, in der noch Züge durch Sunderby gefahren waren. Breite Stufen führten zum Eingang hinauf und dort hatten sich bereits jede Menge Menschen versammelt. Denn heute fand hier die Gemeindeversammlung statt.

Die Tür war weit geöffnet und ich trat ein. Drinnen standen in unordentlichen Reihen ein paar schäbige Stühle und am Kopfende des Raums ein wackliges Rednerpult. Der alte Joe war schon da, Jeanette, Miss Grehn und der

Bürgermeister. Zu meiner großen Überraschung entdeckte ich auch Tom und Justin, sie saßen in der ersten Reihe und unterhielten sich leise. Ich war erst zweimal hier gewesen, konnte mich aber nicht erinnern, den Raum je so voll erlebt zu haben.

Ich stellte mich in ein schlecht beleuchtetes Eck ganz hinten an der Wand und verhielt mich still. Als schließlich alle eingetreten waren und Platz genommen hatten, betrat der Redner das Pult. Es war ein Sekretär der Gemeinde mit halblangen Haaren und einem Käppi, und das besondere an ihm war, dass er keine eigene Meinung haben durfte. Großmutter hatte mir das erklärt, als ich noch klein war, und ich weiß, dass mich das schrecklich aufgeregt hatte. Er wurde auch noch dafür bezahlt und das machte die Sache nicht besser, Menschen ohne eigene Meinung waren mir einfach suspekt. Jetzt nestelte er an seinem Kragen herum, steckte ein Mikrofon an und eröffnete die Sitzung.

»Erster Punkt der Tagesordnung: Wir gedenken Emilia Sander. Bitte erheben sie sich.« Alle standen auf und ich überlegte, ob Großmutter jetzt wohl hier war und uns zusah, wie wir an sie dachten. Wenn meine Vermutung stimmte, hatte sie für die Menschen in Sunderby viel getan. Vielleicht hatte sie sich etwas Dank erwartet, Blumenschmuck am Rednerpult, eine Medaille oder irgendeinen anderen Schnickschnack. Aber außer mir wusste ja niemand davon und so fiel das Gedenken eher nüchtern aus. Dann setzten sich die Leute wieder, einige schlugen noch ein Kreuzzeichen und die Sache war vorüber.

»Zweiter Punkt der Tagesordnung«, sagte der Redner. »Tom und Justin Parker sind zurückgekehrt. Tom möchte die alte Werkstatt in der dritten Straße kaufen und einen kleinen Metallbetrieb eröffnen.«

Tom stand auf und erklärte den Bewohnern von Sunderby sein Vorhaben. Es gab ein paar Nachfragen bezüglich Lautstärke, Größe des Betriebs und ähnlichem Kram, dann wurde abgestimmt und Tom bekam den Zuschlag.

»Dritter Punkt der Tagesordnung«, sagte der Redner. »Wiederholt vertagt, in der Hoffnung, dass wir heute zu einem Beschluss kommen: die Investorengruppe *Lüder und Rensch* möchte in das Seerestaurant von Angus einsteigen und die angrenzenden Häuser erwerben, um eine Hotelkette am See zu eröffnen.«

Hey, das war die Geschichte, von der Franzen erzählt hatte. Kaum zu glauben, aber in der Sache schien noch keine Entscheidung gefällt. Nun war ich hellwach, aber nicht nur ich: Binnen Sekunden hatte sich der gesamte Saal in einen schwirrenden Bienenstock verwandelt.

»Das ist eine Riesensauerei, Angus, und das weißt du.«

»Ihr Miesmacher, das bringt Tourismus und Geld.«

»Sie haben eigene Lieferanten, unsere Fischer werden beschissen.«

So ging es hin und her und ich verstand nur Bahnhof. Aber dann stellte sich ein Bürger nach dem anderen aufs Pult, sagte ein paar Sätze und schließlich kristallisierte sich Folgendes heraus: am See sollten große Hotels entstehen, alle in der Hand eines einzigen Investors. Der verstand offenbar nicht viel von Sunderby und seinen Bewohnern, denn er wollte seine Waren aus der Stadt kommen lassen. Auch den Fisch, und das war wirklich eine Sauerei. Zudem sollten sich die Hotels durch »All-inclusive-Angebote« auszeichnen, und das hieß, dass alle Schiffs-, Eintritts- und Getränkepreise im Hotelpreis inbegriffen waren. Für die Cafés und Bootsverleihe bedeutete das herbe Verluste.

»Wir kommen zur Abstimmung«, sagte der Redner und die Hände gingen hoch. Erstaunlicherweise war die Mehrheit dafür: Jeanette Riccardi, Miss Grehn, der Besitzer des Friseursalons, Atlantas Eltern und der Bürgermeister, um nur ein paar wenige zu nennen.

Die Gegenseite war mit Joe, dem Besitzer der Strandbar, Franzen und ein paar anderen zahlenmäßig unterlegen. Wieder andere hatten sich enthalten. Vielleicht betraf sie das Thema nicht, oder es war ihnen schlichtweg egal.

»Endlich konnten wir ein klares Ergebnis erzielen«, rief der Redner.

»Aber es sieht anders aus, als du denkst«, murmelte ich. Schließlich hatte mir Franzen erklärt, dass Grandma gegen die ganze Sache gewesen war. Und wenn sie es war, dann war ich es auch.

Ich lächelte, drehte am Ring und innerhalb von Sekunden zerflossen alle Anwesenden zu einem surrealen Gemälde. Ein Orkan der Windstärke zehn fuhr durch den Saal, ich wurde vom Boden gerissen, durch die Eingangstür geschleudert und fand mich kurze Zeit später auf den Eingangsstufen wieder.

Ich rappelte mich auf und begrüßte die Ankommenden.

»Hallo, Miss Grehn«, sagte ich. »Die Abstimmung wegen der Hotels, also Großmutter hätte da gerne mit *Nein* gestimmt. Und jetzt, wo sie nicht mehr lebt, könnten Sie da nicht vielleicht ...?«

Miss Grehn nickte und tätschelte meine Hand.

»Mam sucht eine Mitarbeiterin in der Chocolaterie«, begrüßte ich Atlantas Mutter. »Sie wäre glücklich, wenn Sie zusagen. Zumindest für dieses Jahr. Wenn die Hotelkette kommt, ändert sich die Lage, denn für die Chocolaterie und die Cafés wäre das eine Katastrophe!«

»Daran habe ich ja noch gar nicht gedacht«, gab Atlantas Mutter zu, tuschelte mit ihrem Mann, umarmte mich und verschwand im Saal.

Dann schlüpfte auch ich durch die Tür und schlängelte mich durch die Stuhlreihen nach vorn zu Tom und Justin. »Könntet ihr mir einen Gefallen tun? Großmutter war massiv gegen die Hotelinvestition, Tagesordnungspunkt Nummer drei.«

»Ah, wir sollen also dagegen stimmen«, sagte Tom und Justin lachte.

So ging es eine Zeit lang weiter, bis ich an meinen Platz zurückkehrte. Der Redner betrat das Pult, wir hielten eine Schweigeminute für Großmutter und entschieden über Toms Werkstatt. Schließlich kam es zu den Redebeiträgen und zur Abstimmung im Tagesordnungspunkt Nummer drei.

»Wer ist für die Vergabe an die Investoren?«

Die Hände gingen hoch, aber nun waren es schon deutlich weniger als noch vor einer Stunde.

»Und wer ist dagegen?«

Ich war dagegen, Tom und Justin, Miss Grehn, der alte Joe, Franzen, die Eltern von Atlanta und viele andere mehr.

Ich war mir nicht sicher, ob es genügte, schloss die Augen ...

»Wer möchte sich enthalten?«

Ich guckte gar nicht mehr hin.

»Dreizehn zu Siebzehn«, sagte der Redner. »Der Antrag ist abgelehnt!«

Ich jubelte, küsste den Ring und winkte in den Himmel, genauer gesagt zur Saaldecke hinauf. Falls Großmutter irgendwo dort oben war und mich sah oder sich über unseren Erfolg freute.

Danke Granny, dachte ich im Stillen, *es hat funktioniert und jetzt weiß ich auch, wie es geht. War das die Gefahr, von der du gesprochen hast? Oder hat Atlanta recht und es geht um etwas ganz anderes?*

Ich bekam natürlich keine Antwort, aber das war in diesem Saal auch nicht anders zu erwarten, wenn Grandma schon auf dem Friedhof kaum mit mir sprach. *Na ja, bedanken könntest du dich schon,* dachte ich und grinste, ein wenig Provokation hatte bis jetzt noch immer geholfen. In diesem Moment flackerte das Licht – ganz kurz nur und es fiel niemandem auf. Außer mir natürlich.

»Gern geschehen«, sagte ich leise und lächelte.

16. Kapitel

Meine Freude währte nicht lange. Auf den Tagesordnungspunkt Nummer drei folgten zehn weitere, und als wäre das nicht schlimm genug gewesen, wurden sie immer düsterer und apokalyptischer.

Ein Botaniker, der mit seinem Team am Seeufer forschte, berichtete, dass sich im See die Wasserpest ausbreitete: schlingartige Pflanzen, die aus Amerika kamen und von Vögeln eingeschleppt worden waren. Die Wasserpest legte eine Art Sonnenschirm über die anderen Pflanzen und hinderte sie am Wachsen. Wenn es so weiterging, würde der See umkippen, sagte der Botaniker und die Bewohner von Sunderby stöhnten im Chor.

Als Nächste stieg Jeanette Riccardi aufs Rednerpult. In wenigen Monaten wollte sie in die Stadt ziehen und das *Ten to Five* verpachten. Es war ungewiss, ob sich ein Nachfolger fand, der den Laden weiterführen wollte, und das war noch tausendmal schlimmer als die Sache mit der Wasserpest. Die grünen Pflanzen störten kaum, aber wo sollten wir in Zukunft einkaufen? So wie ich dachten offenbar viele, denn die Stimmung im Saal sank auf den Nullpunkt.

Als es schließlich darum ging, dass sich die Hendersons nicht ans zentrale Abwassernetz anschließen lassen wollten, sondern ihren Dreck in einer schlecht abgedichteten Sammelgrube versickern ließen, sprangen die Bewohner von Sunderby von ihren Stühlen. Sie schüttelten die Fäuste, brüllten wüste Schimpfworte durch den Raum und der Redner hatte Mühe, die kleine Menge in Schach zu halten. Mittlerweile hatte ich mir einen Stuhl gesucht und Platz genommen, damit ich vor Schreck nicht umfiel. Und das war gut so, denn es kam noch schlimmer. Seit einigen Wochen hatten wir im Hochmoor einen neuen Bewohner: die Anopheles-Mücke. Ein Moskito, das sonst eigentlich nur in heißen Ländern vorkam und Malaria übertrug. Bei uns machte sie das nicht, einfach weil es diese Krankheit hier nicht gab. Dennoch war niemand glücklich über diese Entwicklung. Und als der Abend endlich vorbei war, saßen die Bewohner von Sunderby mit hängenden Köpfen auf ihren Stühlen und sahen aus wie Petunien, die wochenlang nicht gegossen worden waren.

Ich schüttelte den Kopf und verstand die Welt nicht mehr. Großmutter hatte sich doch um alles gekümmert, zumindest nahm ich das an. Jetzt war sie erst seit zehn Tagen tot und schon herrschte in Sunderby solch ein Chaos? Ich dachte angestrengt nach, nein, die Rechnung ging nicht auf. Der Ring hatte schon drei Wochen zuvor unbenutzt beim Anwalt gelegen. Und davor hatte bereits irgendetwas nicht mehr geklappt, sonst hätte Grandma auf der letzten Versammlung eingegriffen.

»Damit beende ich die heutige Sitzung«, sagte der Redner in diesem Moment und das Scharren der Stühle schreckte mich auf.

»Uuh, das klang ja alles übel«, sagte Justin. Er stand vor mir, blickte auf mich herunter und grinste. »Und ich dachte immer, in Sunderby passiert nichts. Das war offenbar völlig falsch.«

»Offenbar«, erwiderte ich, stand auf und ging mit ihm nach draußen. Vor dem Gemeindesaal standen jede Menge Leute und diskutierten. Einige regten sich schrecklich über Jeanette Riccardi auf, andere über die Mücken oder die Hendersons. Wieder andere zuckten nur mit den Schultern, lächelten gleichmütig und vertraten die Meinung, dass in Sunderby immer alles wieder ins Lot kam. Früher oder später. Man musste nur abwarten, Tee trinken und den lieben Gott einen guten Mann sein lassen.

Ich sog die Luft ein und erstarrte. Genau so hatte Marko das Phänomen beschrieben: Die Leute aus Sunderby hatten sich an das Glück und den Wohlstand gewöhnt. Echte Gefahren gab es nicht und die Notwendigkeit, selbst etwas zu tun, erst recht nicht mehr.

Ich verabschiedete mich von Justin und bummelte zur Promenade hinunter, schwang meine Beine über die Mauer und blickte über den nachtdunklen See. »Oh, Granny, das ist der Nachteil deines jahrelangen Eingreifens. Die Leute sind verwöhnt und faul und verlassen sich auf ihr Glück. Jetzt bricht das Chaos über sie herein und sie wissen sich nicht mehr zu helfen. Oder vielleicht doch? Ich weiß es nicht, aber es machte auf mich nicht den Eindruck.«

Du musst etwas tun.

Großmutter sprach mit mir? Einfach so und ohne vorherige Stichelei?

Wahrscheinlich bildete ich es mir sowieso nur ein.

»Die Probleme sind viel zu groß, viel zu gewaltig. Was kann ich gegen eine Wasserpflanze oder eine Mücke unternehmen? Und wenn Jeanette in die Stadt ziehen will, wie soll ich sie daran hindern?« Ich schüttelte den Kopf, schwieg und blickte über den See. Am Ufer auf der anderen Seite brannten Hunderte von Lichtern und spiegelten sich im Wasser, es sah fantastisch aus.

»Wenn du vor einem Berg von Problemen stehst, musst du mit dem größten beginnen«, sagt Mam immer. Die meisten Menschen sehen das genau andersherum. Aber Mam glaubt nicht daran, dass man sich bei Problemen warmlaufen kann wie im Sport. Wo zuerst die einfachen und später die schweren Übungen sinnvoll sind. »Wenn du das größte Problem beseitigt hast, kommt dir der Rest wie ein Klacks vor«, argumentiert sie, und eines muss man ihr lassen, mit Problemen kennt sie sich aus.

Ich straffte die Schultern und nickte. *Also gut, beginnen wir mit dem größten.* Aus meiner Sicht waren das die Hendersons. Sie waren nicht nur körperlich jeder Schlingpflanze oder Mücke überlegen, sondern auch dreimal so gefährlich. Was sie mit dieser Sickergrube anstellten, hatte ich nicht kapiert, aber es war sowieso klar, dass nicht ich das mit der Familie diskutierte. Ich würde es nicht bis zum Hoftor schaffen, ohne von ihren missratenen Söhnen verprügelt zu werden. Irgendjemand musste mit dem alten Henderson reden, am besten seine Freunde Joe und Miss Grehn. Ja, das erschien möglich.

Weiter zu Jeanette Riccardi. Wir brauchten sie.

Wenn ich an die Schokoriegel, unsere Zeitschriften und die Soße in den bauchigen Gläsern fürs Gericht Nummer zwei dachte, wurde mir ganz schummrig. Wer oder was konnte sie in Sunderby halten?

Die Antwort war einfach: ein Mann. Doch der einzige neue Mann im Ort hieß Tom, und der war für Mam reserviert. Ich haute mit der flachen Hand gegen die Mauer, das ist der Nachteil, wenn man in einem Dorf lebt, das nicht größer ist als ein Spiegelei. Verflixt! Natürlich konnte man auch einen buddhistischen Mönch, einen Zen-Meister oder Schamanen kommen lassen, der Jeanette erklärte, dass Sunderby ein weltliches Paradies war. Doch in Jeanettes Religion ging es nicht um Weltliches. Und wenn ich Pech hatte (was durchaus der Fall sein konnte), löste sie sich in Luft auf, tanzte in Mainächten im Moor oder wurde als Regenwurm wiedergeboren. Ich seufzte, es war wirklich deprimierend, dass ich von so vielen Dingen so wenig wusste.

Ich sprang von der Mauer und bummelte nach Hause. Im Wohnzimmer saß Mam, ich setzte mich zu ihr, und sie war ziemlich erstaunt, dass ich eine Versammlung im Dorf besucht hatte. »Diese Abstimmungen sind nicht bindend«, sagte sie, als ich ihr von der Sache mit den Investoren erzählte. »Sie spiegeln den Willen der Bewohner wider und oft halten sich der Bürgermeister und die Gemeinderäte daran. Dazu verpflichtet sind sie jedoch nicht.« Es beeindruckte mich, dass sie sich so gut auskannte. »Du musst beim nächsten Mal mitkommen. Im Moment ist jede Stimme wichtig, es geht drunter und drüber.«

»Schon seit einiger Zeit, ich weiß«, erwiderte Mam. »Irgendwie habe ich den Eindruck, seit deine Großmutter nicht mehr da ist ...«

Wenn du wüsstest, wie recht du hast, dachte ich, aber das konnte ich ihr leider nicht sagen.

Am nächsten Morgen klemmte ich mir eine Decke unter den Arm, griff nach meinem Laptop und lief zu Justin hinüber. Er stand vor dem Haus und bastelte an seinem Fahrrad herum.

»Diese Versammlung war echt gruselig«, sagte ich und nickte ihm zu. »Wir müssen uns um dieses Chaos kümmern!«

»Du meinst ...« Justin starrte mich an.

»Die Hendersons, die Mücke, Jeanette Riccardi.«

»Jeanette Riccardi?« Er starrte mich immer noch an. Vermutlich überlegte er gerade, ob ich zu heiß geduscht, einen Sonnenstich oder die Tabletten meiner Mutter gegen Migräne erwischt hatte.

»Hey, Justin, machst du mit?«

Er grinste mich an und für einen kurzen Moment fühlte ich mich an früher erinnert. Wenn einer von uns eine verrückte Idee präsentierte. Und nur darauf wartete, dass der andere aufsprang wie auf einen fahrenden Zug Richtung Wilder Westen. Die Sekunden bangen Hoffens, bis endlich die Antwort kam, die eigentlich immer gleich lautete: *Keine Ahnung, was du vorhast, aber ich bin dabei.*

»Keine Ahnung, was du vorhast, aber ich bin dabei.«

Bingo. Es *war* wie früher.

Mein Plan war simpel: In aller Frühe hatte ich Kenneth angerufen, dann Miss Grehn und Franzen, das Triumvirat der Klugen, Alten und Engagierten. Ich war überzeugt davon, dass die drei uns helfen konnten, und nun saßen sie in Kenneth' Garten und warteten auf uns. Miss Grehn hatte Kuchen mitgebracht, Franzen ein dickes Buch über die Gemeinde und Kenneth hatte eine Opernaufnahme aufgelegt. Sie saßen da und sahen aus wie Methusalems Lehrer, aber wir lernten an diesem Vormittag tatsächlich jede Menge:

Zum einen die Sache mit der Kanalisation. Jeder Haushalt hatte einen Anschluss zum Abwassernetz. Einige Bewohner hatten eine private Kläranlage und wieder andere eine abgedichtete Sickergrube. Wie die Hendersons zum Beispiel. Nur dass ihre Grube undicht war und das Abwasser in die Erde und weiter in den See floss.

Oder die Sache mit den Stechmücken. Kein großes Problem, Miss Grehn erklärte es uns. Sie hatte Biologie unterrichtet und war immer noch *up to date*: Man konnte junge Fische in die Gewässer mit den Stechmückenlarven geben und *schwupp* wurden die Larven gefressen. Es gab sogar ein Bakterium, das in Israel entwickelt worden war. Es wurde im Darm der Moskitos wirksam und war für kein anderes Tier gefährlich. »Bacillus thuringiensis israelensis«, sagte Miss Grehn.

So ging es weiter und als wir mit allen Themen durch waren, kam Franzen dran. Er erklärte uns die Strukturen der Gemeinde, den Sinn der Versammlungen, und dann aßen wir Kuchen und plauderten.

Miss Grehn wirkte in dem grellen Sonnenlicht zerbrechlicher als sonst. Die Haut ihrer Hände sah aus wie Pergament und unweigerlich musste ich an die feinen Hüllen vietnamesischer Frühlingsrollen denken. Da konnte man das Gemüse durchschimmern sehen. Bei Miss Grehn waren es die Adern und das machte mir Angst. Vermutlich würde ich auch einmal so durchsichtig werden (und vor mir Mam) und das war kein schöner Gedanke.

Kenneth holte einen Block und ein Stück Kohle und hielt unsere kleine Runde in einer Zeichnung fest. Das glaubte ich zumindest. Umso erstaunter war ich, als er das Papier über den Tisch schob und ich allein auf dem Bild zu sehen war. Mit schnellen Strichen hatte er mich porträtiert: zerzauste Haare, leuchtende Augen, ein relativ schmales Gesicht. Wow, das sollte ich sein?

»Fantastisch«, sagte Miss Grehn. »Und so gut getroffen.«

»Darf ich?«, fragte Justin, zückte sein Handy und fotografierte es ab.

Kenneth lächelte mich an und jetzt wusste ich gar nicht mehr, wo ich hingucken sollte. »Kann ich es behalten?«, fragte ich leise und hatte das Gefühl, niemals zuvor so unsicher gewesen zu sein.

17. Kapitel

Die Runde löste sich auf und Kenneth hatte nichts dagegen, dass Justin und ich im Garten blieben. Unter einem der Apfelbäume breiteten wir unsere Decke aus, klappten den Laptop auf und recherchierten noch ein paar Dinge. »Diese ganzen Sachen sind echt spannend«, sagte Justin. »Wir könnten uns da wirklich ein bisschen einmischen.«

»Ich *muss*«, erwiderte ich, klappte den Laptop zu und drehte mich zur Seite, sodass ich Justin in die Augen sehen konnte. »Großmutter hat mir doch diesen Ring vermacht«, begann ich nun schon zum zweiten Mal, aber heute wollte ich weiter gehen und ihm alles erzählen. »Wenn ich ihn drehe, rutsche ich in die Vergangenheit.«

»Die Zukunft würde mir besser gefallen, aber okay.«

Ich dachte an unser letztes Gespräch und schmunzelte. Justin blieb sich in seinen Antworten treu und das war cool.

»Du kannst also in die Vergangenheit reisen«, sagte er, drehte sich auf den Rücken, verschränkte die Arme hinter seinem Kopf und guckte in den Himmel. »Wie in *Zurück in die Zukunft*, nur andersrum?«

Ich musste lachen. »Ja, du Blödmann. Genau so.«

In diesem Moment klingelte der Postbote, Kenneth öffnete das Gartentor und erhielt ein Päckchen. Offenbar nicht das richtige, denn am Gartentor wurde es laut. Wir lachten, lauschten dem Disput und dann erzählte ich Justin alles, was ich erlebt hatte. Haarklein und von Anfang an. Er hörte zu, unterbrach mich kein einziges Mal, und es war wie früher, wenn sich einer von uns eine Geschichte ausgedacht hatte und der andere schweigend lauschte, um ja kein Wort zu verpassen. Unsere Stories hatten immer schon alles getoppt, aber an Justins Miene konnte ich sehen, dass ich mit dieser Geschichte den Vogel abschoss.

»Und deshalb bin ich gestern auf die Versammlung gegangen«, sagte ich und kam nun langsam zum Ende. »Zuerst ging die Abstimmung positiv für die Investoren aus. Aber das passte mir nicht.«

»Also hast du am Ring gedreht«, erwiderte Justin, »und das Ergebnis beeinflusst. Mann, hab ich deine Geschichten vermisst.«

Er drehte sich zur Seite, stützte sich auf seinen Ellenbogen und grinste mich an. »Trotzdem möchte ich dich auf einen Logikfehler hinweisen: Wenn dir deine Großmutter wirklich solch ein Geheimnis anvertraut hätte, würde sie nicht wollen, dass du mir davon erzählst.«

»Hmh, das ist wahr«, erwiderte ich. »Doch glücklicherweise wirst du dich in wenigen Sekunden nicht mehr daran erinnern können.« Ich deutete auf den Ring und drehte an ihm, Justin lachte und klopfte mir auf die Schulter.

Im gleichen Moment verschwamm alles im Nebel der Zeit. Ich seufzte, schloss die Augen und als ich sie wieder öffnete, lagen wir auf der Decke und schauten in den Laptop. Es war schön gewesen, sich einmal alles von der Seele reden zu können, und hatte richtig gutgetan.

»Was war das denn?«, fragte Justin. Er sah bleich aus und schüttelte den Kopf, als hätte er Wasser in den Ohren. Verflixt, offenbar hinterließen die Reisen bei meinen Mitmenschen unangenehme Nachwirkungen, das war mir bisher noch gar nicht aufgefallen. »Das kommt sicher gleich wieder in Ordnung«, sagte ich und holte zwei Äpfel aus meiner Tasche. Doch Justin hatte keinen Hunger und noch immer genug mit sich selbst zu tun. In diesem Moment kam der Postbote, klingelte, und Kenneth ging ans Tor. Justin sprang auf. »Das gibt es doch gar nicht«, murmelte er und wurde kreidebleich. »In zwei Minuten streiten die beiden.«

Am Gartentor wurde es laut und Justin wackelte immer noch so sonderbar mit dem Kopf herum. Gleichzeitig beobachtete er Kenneth und den Postboten. Es sah aus, als würden ihm gleich die Augen aus dem Kopf springen. »Jetzt wird der Postbote sagen, er habe kein anderes Paket.«

»Ich habe kein anderes Paket.«

»Kenneth wird antworten, dass er sich zum Teufel scheren soll.«

»Unprofessionelle Schlamperei, scheren Sie sich zum Teufel.«

Ich erstarrte, um Gottes willen! Offenbar konnte sich Justin an die letzte Stunde erinnern. War er mitgereist? Das war völlig unmöglich! Doch dann dämmerte es mir, noch einmal spürte ich seine Hand auf meiner Schulter, just im selben Moment, als ich den Ring benutzt hatte. Es war kaum zu glauben, aber ich hatte ihn mitgenommen!

In meinem Kopf drehte sich alles und ich wusste nicht, was ich zuerst tun sollte: Justin beruhigen, nachdenken, ihm alles erklären, ach nein, das hatte ich ja schon. Mist, das würde er nun auch nicht vergessen. Oder doch? Ich musste einfach noch mal am Ring drehen, und zwar in genau einer Stunde. Ich blickte auf die Uhrzeit am Laptop, jetzt durfte ich wirklich keinen Fehler mehr machen.

Ich saß da, beobachtete Justin und ließ ihm Zeit. Erstens hatten wir eine ganze Stunde, die wir füllen mussten, und zweitens wusste ich selbst nur zu gut, welchen Schock dieses Ring-Reisen auslöste. Sein Kopfschütteln machte mir Sorgen und der seltsame Gesichtsausdruck, doch langsam entspannte er sich. Dann setzte sich Justin neben mich und sah mich an, sein Lächeln war jetzt wie weggeblasen.

»So, Candy, bitte noch einmal von vorne.«

Also erzählte ich die ganze Geschichte zum zweiten Mal. Justin hörte konzentriert und mit ernster Miene zu, stellte zwischendurch Fragen, und ich antwortete ebenso konzentriert und ernst. Es war seltsam, aber irgendwie beschlich mich das Gefühl, dass wir in dieser Stunde alterten. Als drehte jemand auch an unserer Zeit und machte uns erwachsener, als wir waren.

»Was wirst du jetzt tun?«, fragte Justin.

»Nach genau einer Stunde drehe ich erneut am Ring und du wirst alles vergessen«, erwiderte ich. Justin nickte, legte sich auf die Decke, verschränkte die Arme hinter seinem Kopf und starrte in den Himmel. »Du meinst, der Ring funktioniert noch?«

Ich zuckte mit den Schultern. »Grandma gab mir nur die Anweisung, ihn nie zu verleihen, zu verschenken oder zu verkaufen. Ich denke, das könnte ihn unbrauchbar machen. Alles andere ...«

»Warum lassen wir es dann nicht einfach so? So spannend wird mein Leben nie wieder. Und es hätte den Vorteil, dass du nicht alles allein erleben musst. Du kannst es natürlich, hast aber immer auch die Möglichkeit, mich mitzunehmen.«

Ich starrte ihn an und wusste nicht so recht, was ich sagen sollte.

Eigentlich war das eine tolle Idee. Wie oft hatte ich mir in den letzten Tagen gewünscht, mit jemandem über meine Erlebnisse sprechen zu können! Andererseits war es auch ganz praktisch, dass niemand Bescheid wusste. Ich dachte an unseren Ausflug und die Sache mit dem Picknickkorb. Solche Glücksmomente würde ich künftig nicht mehr erleben, wenn Justin immer gleich ahnte, dass ich an der Zeit gedreht hatte.

»Candy, gib dir einen Ruck.«

Ich nickte, hatte mich aber noch nicht entschieden. Habe ich schon einmal erwähnt, dass ich ein Einzelkind bin? Einzelkinder behaupten gern, sie hätten sich ein Leben lang einen Bruder oder eine Schwester gewünscht, jemanden mit dem sie alles teilen können, doch meistens ist das gelogen. Einzelkinder teilen nicht gerne, sie müssen es auch nicht, und das gewöhnen sie sich verflixt schnell an. Auch bei mir ist es so. Wenn ich diese Stunde verstreichen ließ, ohne am Ring zu drehen, konnte ich Justin die Erinnerung nicht mehr nehmen. Andererseits war er mein Freund.

Wir saßen uns gegenüber und sahen uns an.

Justins Augen hatten eine seltsame Farbe.

Sie waren nicht grün.

Sie waren aber auch nicht braun.

Sie waren nicht einmal irgendwas dazwischen, sie erinnerten mich einfach nur an Oliven. In Öl eingelegte, weil sie so schimmerten. Seine Haare standen in alle Richtungen, in den letzten Tagen waren sie heller geworden und seine Haut noch dunkler. Das Beste an ihm war jedoch eindeutig der Mund. Seine Lippen waren schmal, standen aber immer ein Stück offen, wie die Garage 210 oben bei den Parkbuchten. Ich wusste nicht, wem sie gehörte, aber sie war nie ganz geschlossen, und das übte eine grenzenlose Faszination auf mich aus.

»Eine Viertelstunde hast du noch«, sagte Justin und dieser Satz gab den Ausschlag. Justin drängte nicht und lenkte mich auch nicht ab, er wünschte sich, dass ich mich aus freien Stücken entschied.

Für einen kurzen Moment dachte ich an Grandma. Sie

hatte nie viel von Männern gehalten und hätte sicher nicht gewollt, dass sich einer von ihnen einmischte. Aber Justin hatte schon recht, Aufgaben verteilen und einfach abhauen ging halt auch nicht. Und ich brauchte Unterstützung, wenn ich mit diesem Chaos hier klarkommen wollte.

»Willkommen an Bord«, sagte ich deshalb nur und grinste.

»Wow«, erwiderte Justin. Er blieb still auf der Decke liegen und starrte immer noch in den Himmel, unbewegt und mit weit geöffneten Augen. »Das wird mir ewig in Erinnerung bleiben«, sagte er dann, sprang auf, zog mich von der Decke und umarmte mich. Es klingt blöd, aber allein dafür hatte es sich fast schon gelohnt.

Wir spazierten nach Hause, holten die Fahrräder und fuhren zu der einsamen Badebucht, wo wir schon einmal einen Nachmittag verbracht hatten. An der Strandpromenade trafen wir auf Atlanta.

»Ihr geht schwimmen? Wartet auf mich, ich komme mit.«

Es tat mir wirklich sehr leid, aber das war unmöglich. Justin und ich würden an diesem Nachmittag sicher über nichts anderes als den Ring reden wollen, jetzt, wo die Entscheidung gefallen und er an meiner Seite war. »Das geht leider nicht«, sagte ich und drehte ein kleines bisschen an der Zeit.

»Lass uns obenrum fahren«, sagte ich zu Justin, als wir wieder am Marktplatz waren. »Auf der Promenade ist sicher jede Menge los.«

Und als wir dann oberhalb von Sunderby über die Felder fuhren, atmete ich auf, Justin hatte nichts bemerkt. Ich spürte den Wind in meinen Haaren und war so happy wie schon lange nicht mehr. Der Ring funktionierte noch! Ich konnte ihn nach wie vor alleine benutzen, oder ich nahm Justin mit auf die Reise. Wir hatten Ferien, jede Menge Aufgaben, die immer spannender wurden, und wir verstanden uns blendend. So einfach war das und ich hätte jubeln können vor Glück!

Tatsächlich hatten Justin und ich in den nächsten Tagen alle Hände voll zu tun: Als Erstes schickten wir Joe und Miss Grehn zu den Hendersons. Die beiden hatten kein leichtes Spiel und Miss Grehn nannte den alten Henderson später nur noch den »sturen Esel«. Aber unser Plan ging auf. Am Ende erklärten die Hendersons sich bereit, ihr Haus ans zentrale Abwassernetz anschließen zu lassen und dieser Punkt war erledigt.

Als nächstes luden wir Jeanette in die Chocolaterie ein und versuchten herauszufinden, warum sie in die Stadt wollte. Wie ich vermutet hatte, war es die Suche nach einem Mann, auch wenn Jeanette es *Hoffnung auf ein wenig Glück* nannte. Wir fragten sie ziemlich unverschämt aus, ließen uns alles über ihre Verflossenen erzählen, und als sie beinahe die Nase voll hatte, berührte ich Justin und drehte am Ring.

Dann starteten wir das Gespräch neu. Und diesmal völlig anders.

»Mein Vater tanzt sehr gern«, sagte Justin, »doch leider gibt es keine derartigen Veranstaltungen in Sunderby. Hätten Sie nicht Lust, so etwas zu organisieren? Mit Leuten von außerhalb, Werbung im Netz, das wäre eine Marktlücke, eine Kontaktbörse sozusagen ...«

Jeanette fand sofort Gefallen an der Idee, zumal sie ihren zweiten Mann auf solch einer Veranstaltung kennengelernt hatte, wie sie uns eben erst erzählt hatte. »Das ist wirklich ein genialer Einfall«, murmelte sie und ihr Lächeln versprach Hoffnung. Auch für uns.

Dann stiefelten wir zum Hafen mit den Fischerbooten hinunter, wo der Biologe und sein Team arbeiteten. Die Bekämpfung der Wasserpest war längst angedacht, doch es fehlten die finanziellen Mittel. Also stellten wir uns an die Strandpromenade und sammelten Geld. Justin maulte, er hatte gehofft, dass wir alles mit Hilfe des Rings erledigen würden. Aber ich konnte ihn beruhigen. »Du wirst sehen, das geht ganz schnell«, sagte ich. Und ich behielt recht.

Das Geld der Touristen saß locker und unser Aktionismus wirkte ansteckend, bald sammelten auch Bootsverleiher und Cafébesitzer, und wenige Tage später hatten wir eine ordentliche Summe beisammen. So erzielten wir nach und nach tolle Ergebnisse, nur das mit der Mücke ließen wir sein. Die Sache mit dem Bakterium war uns zu spooky, außerdem waren wir völlig ausgelastet.

Wir hatten zwar keine zeitlichen Probleme, denn wann

immer wir Zeit brauchten, drehten wir einfach am Ring. Aber unsere Kraft erlahmte. Justin vertrug die Reisen extrem schlecht, seine Ohren knackten und bescherten ihm Schwindelattacken. Und ich wurde immer müder, je öfter ich den Ring benutzte. Morgens ging es noch am besten, aber im Laufe des Tages nahmen meine Kräfte rapide ab.

Außerdem waren da noch Atlanta und Marko, die uns beanspruchten.

Marko hatte ziemlich viel zu tun und bemerkte anfangs gar nicht, dass Justin und ich kaum noch Zeit hatten. Doch Atlanta hatte sich auf die Ferien mit mir gefreut und war schwer enttäuscht.

»Hast du dich etwa in Justin verknallt, oder was ist los?«, fragte sie mich eines Abends am Telefon. »Morgen Abend musst du aber unbedingt Zeit für mich haben. Meine Cousine ist zu Besuch und ich möchte eine Party geben. Also, seid ihr dabei?«

»Ja, klar«, erwiderte ich leichthin. Denn morgen war morgen. Und vorher hatten wir noch etwas anderes zu erledigen.

18. Kapitel

Auf den Tag vor fünf Jahren waren Tom und Justin abgereist und uns Kindern hatte es damals fast das Herz zerrissen. Nun waren die Parkers wieder da und das wollten Justin und ich feiern. Ohne unsere anderen Freunde, nur wir zwei.

Über dem nachtdunklen See stand der Mond. Wir hatten Fackeln mitgebracht, banden sie an die Pfähle des Stegs und zündeten sie an. Knisternd züngelten die Flammen in den dunklen Himmel, spiegelten sich im Wasser und tauchten ihre Umgebung in orangefarbenes Licht. In der Strandbar spielten sie *Lonely Hearts*, wir setzten uns auf die warmen Planken und guckten über den See. Es war der perfekte Platz im Hochmoor: Auf dem Wasser blinkten die Lichter der Boote, im Schilf quakten die Frösche. Wir befanden uns mitten im Paradies.

Und irgendwann packte ich dann auch den Picknickkorb aus, den wir mitgeschleppt hatten. Heißhungrig machten wir uns über Sandwiches und Schokopudding her und verputzten in einträchtigem Schweigen alles bis auf den letzten Krümel.

Gemeinsam zu schweigen war, zumindest mit Justin, genauso schön wie miteinander zu reden. Die Fremdheit der ersten Tage war wie weggewischt, Justins Lächeln so vertraut wie einst und ich hatte wieder gelernt, in seinem Gesicht zu lesen. Manchmal sogar in seinen Gedanken.

»Es ist wie früher«, sagte ich irgendwann.

»Besser als früher«, erwiderte Justin, seine Stimme klang seltsam träge. »Früher wollte ich dich heiraten.«

Ich lachte. »Und heute?«

»Mmh«, sagte Justin, »mal überlegen.« Er packte die Reste unseres Picknicks in den Korb und stellte ihn zur Seite. »Ich finde es ziemlich cool, dass du einfach so losmarschiert bist, um allen hier zu helfen.« Er sah mich an und lächelte. »Ich meine, wie soll ich sagen, das ist ja nun nicht gerade ... en vogue.«

»Na ja«, sagte ich. »Ehrlich gesagt geht's mir nur in zweiter Linie darum, zu helfen. In erster Linie möchte ich Grandmas Wunsch erfüllen. Es hat mich sehr mitgenommen, dass ich damals zu spät gekommen bin, nach ihrem Brief ...«

»Meinst du, wir haben den wahren Grund ihrer Sorge erkannt?«

Ich zuckte mit den Schultern. »Ich denke schon. Warum fragst du?«

»Die Probleme in Sunderby kommen mir alle recht klein vor und waren schnell zu lösen. Ich bin mir nicht so sicher.«

»Aber ich weiß von keinen anderen«, sagte ich.

»Gut, dann kommen wir zu dir zurück.« Justin grinste mich an. »Ich mag dich, weil du keine ... wie sagt man auf deutsch ... *chatterbox* bist. Das hat mich in den Staaten total genervt, dass die Leute nachmittags ausschließlich auf WhatsApp oder Facebook unterwegs waren ...«

»Es hat dich nur genervt, weil du ausgeschlossen warst«, erwiderte ich. Es war ein Schuss ins Blaue, doch er saß. Treffer. Versenkt.

Justin schmunzelte und dann war ich dran.

Er wollte von mir erfahren, was ich an ihm störend fand, nach so vielen Jahren, und was mich andererseits beeindruckte. Mir fiel es viel schwerer, solche Dinge zu formulieren.

»Ich habe dich anfangs für arrogant und überheblich gehalten.«

»Weil ich was gegen Jennifer gesagt habe?«

»Nicht nur. Es war deine Art zu lächeln.«

»Hey, und ich dachte, mein Lächeln sei cool.«

»Mittlerweile mag ich es ganz gerne«, sagte ich und grinste.

Das mit dem Garagentor von 210 verschwieg ich, auch die Sache mit seinen Oliven-Augen. Mam hatte mir beigebracht, dass Männer sich nicht darüber freuen, wenn man sie mit Dingen aus dem Alltag oder Lebensmitteln vergleicht. Wahrscheinlich freut sich niemand darüber, Frauen noch viel weniger, und so blieben meine Lippen versiegelt. Stattdessen erzählte ich ihm, dass Atlanta bei diversen Umdrehungen des Rings ihre Meinung geändert hatte, mal das eine sagte und fünf Minuten später etwas ganz anderes. »Das hast du nie getan, deine Aussagen blieben gleich, und das fand ich super.«

Justin grinste.

»Morgen sind wir übrigens bei ihr eingeladen«, sagte ich nach einer Weile, doch Justin reagierte nicht, er blickte auf den See hinaus.

»Eigentlich will ich keinen sehen, mit Ausnahme von dir natürlich.«

Er griff nach meiner Hand, zog mich an sich und umarmte mich.

Ich traute mich nicht zu antworten oder auch nur zu atmen, aus Angst, der Moment könnte vergehen. Ich saß einfach eng an ihn geschmiegt auf dem Steg, spürte die warmen Holzplanken unter meinen Beinen und seinen Arm auf meinen Schultern. Ihn anzusehen war unmöglich, unsere Gesichter waren sich viel zu nah.

»Sieh mich an, Candy.«

Oh, verdammt!

Doch ich wagte es und nun guckte er ganz ernst und war unglaublich nah. Dann stahl sich ein Lächeln auf seine Lippen, ich dachte an das Garagentor 210 und wie verrückt es doch war, dass ich seinen Mund mit etwas so Blödsinnigem verglich.

»Ich weiß nicht, wie es dir geht …«, sagte er leise und als ich nicht antwortete, zog er mich noch ein Stück näher, beugte sich zu mir herunter und küsste mich. Natürlich hatte ich schon ein paarmal jemanden geküsst, auf Internatspartys, in einem dunklen Eck in einem der Flure, aber das war etwas völlig anderes. Justins Lippen waren rau wie Sandpapier, schmeckten nach Seeluft und grenzenloser Freiheit. Die Jungs im Internat hatten mich geküsst, als gäbe es keinen Morgen mehr. Justin hingegen küsste mich, als gäbe es noch viele davon, Morgende, Abende und jede Menge dazwischen.

Vorsichtig griff ich nach meinem Ring.

»Wag es *ja nicht*, dies ungeschehen zu machen!«

»Keine Sorge, ich will nur kurz die Zeit anhalten.«

»Das geht auch anders«, sagte er und dann küsste er mich richtig.

Es war, als säße ich in einem Boot ohne Kapitän. In einem Auto ohne Bremsen oder einer Achterbahn talabwärts. Mein Magen schlug einen Looping, vielleicht schlingerte aber auch mein Herz oder etwas anderes geriet aus der Bahn. Ich spürte Justins Haare auf meiner Stirn, seine Hände an meinem Hals, diese seltsamen Lippen auf meinen, und tief in meiner Seele verschwammen Formen und Farben und tauchten alles in ein helles Licht, die Farbe des vollkommenen Glücks.

»Wow«, sagte ich, als wir uns voneinander lösten. Dummerweise war es das einzige Wort, das mir einfiel, mein Sprachzentrum war wie gelähmt. Justin störte es nicht, er küsste meine Haare, meine Stirn, dann nahm er meine Hand und hielt sie so fest, als wollte er mich nie mehr gehen lassen.

»Siehst du«, sagte er. »Was uns betrifft, brauchen wir den Ring nicht.«

»Da hast du recht.« Gedankenverloren spielte ich an meinem Schmuckstück herum, guckte über den See und so saßen wir noch eine Zeit lang da. Es musste mittlerweile fast Mitternacht sein. Endlich stand ich auf.

»Ich muss jetzt heim«, murmelte ich. »Aber es war wunderschön.«

»Wollen wir nicht noch ein bisschen bleiben?« Justin hielt mich an der Hand zurück, doch ich schüttelte den Kopf. Es war eine famose Sache, so lange am Steg bleiben zu dürfen, aber ich wollte meine Freiheit nicht aufs Spiel setzen, indem ich den Rahmen überzog. »Königin Jennifer ist streng«, erwiderte ich. »Und ich möchte die Nacht nicht im Kerker verbringen.«

»Dann muss ich die Prinzessin wohl nach Hause bringen«, sagte Justin. Mit der einen Hand griff er nach dem Korb, die andere legte er mir auf die Schulter, ganz kurz nur, wie zum Abschied. Dann verließen wir den Steg. Wir schlenderten an den Badebuchten vorbei, betraten die Strandpromenade und bummelten die Straße zum Marktplatz hinauf. In Sunderby gab es noch alte Laternen mit gelb funzelndem Licht und das sah richtig schön aus. In den Gärten zirpten die Grillen und irgendwo schrie ein Käuzchen. Manchmal sahen wir uns an, blieben irgendwo auf menschenleerer Straße stehen und genossen unser Beisammensein, den Spaziergang in dieser zauberhaft romantischen, fast schon magischen Sommernacht.

Als Justin mir zum Abschied über die Haare strich, entlud sich die Spannung und er bekam einen leichten Schlag. *Ein Wunder, dass keine Funken fliegen und keiner von uns tot umfällt,* dachte ich noch, dann umarmte ich ihn und huschte nach oben in die Wohnung.

»Schon zuhause?«, fragte Mam, als ich die Tür öffnete. Königin Jennifer hatte offenbar keinen Blick auf die Uhr geworfen und das war gut so.

Ein absolut perfekter Abend. Ich seufzte vor Glück.

19. Kapitel

Ich war verliebt, aber so richtig. Mit Schmetterlingen im Bauch und Vulkanausbrüchen im Kopf, ziemlich genau unter der Schädeldecke. Die Gedanken hüpften in meinem Kopf herum wie Popcorn in der Pfanne und das machte mich total verrückt. Den ganzen nächsten Tag rannte ich ohne Sinn und Verstand durch die Wohnung, am liebsten hätte ich Atlanta angerufen, doch dann fiel mir ein, dass sie ja Besuch hatte, ihre Cousine war da und wir sahen uns ohnehin am Abend.

Von Justin sah und hörte ich an diesem Tag nichts. Alle zwanzig Minuten guckte ich aufs Handy, aber er hatte wohl keine Lust, zu simsen oder in lapidaren Worten zu formulieren, was uns in tiefster Seele verband, und so musste ich mich in Geduld üben und bis zum Abend warten. Um mich abzulenken, versuchte ich, Mam in der Chocolaterie zu helfen. Aber ich war so nervös, dass ich mehrere Teller fallen ließ, und als dann auch noch Johnny auftauchte, machte ich, dass ich zurück in die Wohnung kam. Schließlich hielt ich es nicht mehr aus und schrieb Justin eine kurze, aber herzliche SMS. Ich erklärte ihm, wo die Party stattfand, und fragte, ob wir gemeinsam hingehen wollten. Zwei Minuten später kam die Antwort: *Bin noch mit Dad unterwegs, wir sehen uns dort.* Ich blies die Wangen auf und stieß die Luft aus, das war nicht, was ich erwartet hatte. Wenn ich nicht Gefahr laufen wollte, durchzudrehen, musste ich schleunigst etwas unternehmen. In Windeseile schlüpfte ich aus meinen Klamotten, stieg unter die Dusche und drehte das Wasser auf. Dann hielt ich meinen Kopf unter den eiskalten Strahl und schon ging es mir besser.

Seltsam, dass Justin so nüchtern antwortete. Kein *schön war's gestern* oder ein *ich denk an dich*, noch nicht einmal *liebe Grüße*. Mam sagt immer, darüber dürfe man sich nicht aufregen, weil es einem Naturgesetz gleichkommt, dass Frauen herzlich sind, während Männer immer gleich befürchten, schnulzig zu wirken.

Deshalb war Mam, was ihre Partner betraf, stets mit ganz wenig zufrieden (siehe Johnny), und ich nahm mir vor, mal in Ruhe mit ihr darüber zu reden. Ich fand nämlich nicht, dass es einen Unterschied zwischen Frauen und Männern gibt. Einen herzlichen Justin mochte ich sehr viel lieber als einen kühlen und vielleicht konnte es helfen, ihm das mal zu sagen.

Atlanta feierte beim alten Pavillon. Das war ein kleines Teehaus am See aus grün bemaltem Metall. Früher hatte es irgendeinem Gutsbesitzer gehört, mittlerweile war es zugewachsen und von Efeu überwuchert. Es gab keinen besseren Platz für ein abendliches Picknick mit Musik, völlig abgeschieden und dennoch höchst romantisch. »Hoffentlich lassen uns die Hendersons in Ruhe«, murmelte ich, als ich abends zur Strandpromenade und weiter über einen Trampelpfad zum Teehaus lief. Schon aus der Ferne hörte ich Musik und als ich ankam, waren bereits etliche Gäste da, ich vermutete, sie kamen aus den Nachbarorten und gingen in Atlantas Klasse.

Meine beste Freundin umarmte mich zur Begrüßung, Marko klopfte mir auf die Schulter und dann sah ich Justin. Er stand neben einem Mädchen und winkte mir zu. Nein, nicht neben *irgendeinem Mädchen*. Neben einem Zauberwesen, einer filigranen, weizenblassen Fee aus einer anderen Welt.

»Hey, Candy«, sagte er und grinste mich an.

Keine Umarmung, kein Begrüßungskuss, nichts.

»Das ist Kirsten«, erklärte er und deutete auf die Fee. »Atlantas Cousine. Sie hat ein Jahr lang im Mittleren Westen gelebt und wir haben uns viel zu erzählen.« Es klang fast wie eine Entschuldigung. Weil er nun mit ihr herumstand und nicht mit mir. Und weil er vermutlich ahnte, wie blöd ich das fand.

Kirsten schenkte mir ganze drei Sekunden ihrer Aufmerksamkeit. Dann strahlte sie Justin an, hakte sich bei ihm unter, zog ihn über die Wiese ans Seeufer hinunter und weg waren sie.

Pöff machte es und noch mal *pöff*.

So klangen geplatzte Träume oder Schüsse aus einer Smith & Wesson mitten ins Herz.

»Das gibt es doch gar nicht«, jaulte ich.

»Schätzchen, was ist los?« Atlanta legte ihren Arm um mich und führte mich ins Teehaus. Hier hatte sie jede Menge Köstlichkeiten gelagert, Hamburger, Chips, Süßkram und Obst. »Also, was ist passiert?«, fragte sie noch einmal und drückte mich auf eine Bank.

»Es ist wegen Justin«, wisperte ich. »Gestern haben wir uns geküsst und einen wunderbaren Abend gehabt und jetzt ...«

»Ihr habt euch geküsst?« Atlanta wirkte freudig überrascht. Gute, liebe Atlanta, auf meine beste Freundin war einfach Verlass.

»Er hat mir tausend super Sachen gesagt, aber wie es scheint, hat es ihm nicht viel bedeutet.« Gegen meinen Willen begannen mir die Tränen die Wangen hinunterzulaufen, als ich mit der Hand zum See deutete, wo Justin und Kirsten nebeneinander auf einem Stein saßen.

»Bella, sie reden nur«, sagte Atlanta.

»Er redet und sie himmelt ihn an.«

»Sie himmelt jeden an«, erwiderte Atlanta. »Was glaubst du, warum ich wiederholt versucht habe, dich zu erreichen? Kirsten ist echt chichi und geht mir mächtig auf die Nerven.«

Chichi war noch so ein Lieblingswort von Atlanta, in ihrem Sprachgebrauch bedeutete es *nervig* oder *hochnäsig*, und jetzt konnte ich lächeln, immerhin ein kleines bisschen.

»Justin sieht das offenbar anders«, wimmerte ich.

»Beruhige dich«, riet Atlanta. »Deine Augen sind schon ganz rot und wenn das so weitergeht, merkt jeder, dass du geweint hast.«

Stimmt, dachte ich, *aber ich habe ja den Ring.*

Ich fuhr in die Höhe und straffte die Schultern. Natürlich, ich hatte den Ring. Es war nur die Frage, wie ich ihn einsetzte. »Lässt du mich zwei Minuten allein?«, bat ich Atlanta und als sie das Teehaus verlassen hatte, begannen meine Gedanken zu rotieren.

Eine gewonnene Stunde würde nicht viel helfen. Da Justin und ich nicht gemeinsam gekommen waren, konnte ich seine Ankunft nicht verhindern. Er und Kirsten würden sich einfach erneut begegnen. Aber da ich nun wusste, was auf mich zukam, konnte ich *meinen* Auftritt verändern und anders reagieren. Ich griff nach dem Ring, der Sturm der Zeit fegte durchs Teehaus, riss meine Füße vom Boden und wehte mich auf die Wiese. Atlanta umarmte mich zur Begrüßung und Marko klopfte mir auf die Schulter. Justin stand neben dieser strohblonden Kirsten und winkte.

»Hey, Candy«, sagte er. »Das hier ist …«

»Schön, dass du schon da bist«, sagte ich, schlenderte zu ihm hinüber und gab ihm einen Kuss auf die Wange. »Ihr entschuldigt uns?«

Dann hakte ich mich bei ihm ein und bummelte mit ihm zum Seeufer.

»Was ist denn los? So resolut kenne ich dich ja gar nicht.«

»Mhm«, erwiderte ich und wir setzten uns auf einen Stein. »Ich wollte dich von dieser Kirsten weghaben, das ist alles.«

»Du kennst sie?«

»Kennen ist zu viel gesagt. Ich mag sie nur nicht.«

»Hey, ist da jemand eifersüchtig? Du musst es nur sagen, dann rede ich kein Wort mehr mit ihr.« Aber er lächelte nicht, blickte mich kaum an und schien auch ansonsten völlig unnahbar. Dann ließ er ein paar Steine übers Wasser titschen, stand auf und streckte sich. »Candy, lass uns wieder zu den anderen gehen. Ich habe einen Bärenhunger!«

Ich starrte ihn an und wusste nicht, wie mir geschah. Justin hatte sich seit gestern Abend komplett verändert, und ich hatte keine Ahnung, warum. Wenigstens sprach er in der nächsten Stunde tatsächlich kaum mit Kirsten, und das genügte mir erst einmal. Eine bittere Erkenntnis, aber es ging mir schon wie Mam: die Ansprüche sanken.

Die Musik wurde lauter, Marko zündete Fackeln an und wir begannen zu tanzen. Kirsten war nicht nur hübsch, sie tanzte auch, als hätte sie nie in ihrem Leben etwas anderes getan. Lernte man das im Mittleren Westen? Ich wusste es nicht, aber was ich sah, genügte mir. Graziös wiegte sie ihren Körper im Rhythmus der Musik, dann umarmte sie Justin, zog ihn ganz nah an sich heran und die beiden legten einen Tanz hin, der mehr an Dirty Dancing erinnerte als sonst irgendwas. Während die Menge johlend klatschte, verließ ich die Tanzfläche, verbiss mir fluchend weitere Tränen, schnappte meine Tasche und verschwand.

Mam war ziemlich erstaunt, dass ich schon so früh nach Hause kam. »Deine Abende scheinen nicht gut zu laufen«, sagte sie und drückte mich ganz fest. »Magst du erzählen, was passiert ist?«

Meine Mutter hat immer schon gespürt, wenn ich Kummer habe. Dann kocht sie mir einen Kakao, wir reden und wenn ich Stunden später ins Bett gehe, hängt normalerweise die Welt wieder in ihren Angeln. Wir nennen es die *Sander-Therapie* und schwören auf ihre Verlässlichkeit.

Doch irgendetwas in mir schien sich verändert zu haben, denn ausnahmsweise wollte ich meiner Mutter nicht von diesem Abend erzählen. Nicht von Justin, nicht von der Party und erst recht nicht von diesem Fabelwesen, das meinen Freund verzauberte.

»Ist schon gut, Mam. Ich glaube, ich gehe ins Bett.«

»Vielleicht freut es dich, zu hören, dass Miss Grehn angerufen hat. Mit Sunderby geht es aufwärts. Sie sagt, du hättest mindestens die Hälfte aller Probleme im Handumdrehen gelöst.«

Na toll, Sunderby ging es gut und mir so schlecht wie noch nie.

»Erzähl es mir morgen«, murmelte ich, gab meiner Mam einen Kuss und verschwand, so schnell ich konnte, in mein Zimmer. Dort versuchte ich zu lesen, aber das funktionierte nicht. Dann versuchte ich zu schlafen, doch das gelang ebenfalls nicht. *Deine Abende scheinen nicht gut zu laufen*, hatte Mam gesagt, wie kam sie denn auf den Gedanken? Gestern noch war ich der glücklichste Mensch der Welt gewesen. Ich schoss hoch und saß kerzengerade im Bett, dann schälte ich mich aus meiner Bettdecke und rannte ins Wohnzimmer.

»Was hast du damit gemeint, *deine Abende scheinen nicht gut zu laufen*?« Mam guckte mich an und runzelte die Stirn.

»Du kommst jedesmal früher nach Hause. Gestern um elf, heute um zehn und das finde ich etwas ungewöhnlich, jetzt wo Ferien sind und Justin wieder da ist ...«

»Gestern war ich erst nach zwölf Uhr hier.«

Mam schüttelte den Kopf. »Es war kurz nach elf.«

Ich griff mir an den Kopf und wankte zurück in mein Zimmer.

»Keine Chance, dass du dich täuschst?«, rief ich.

»Keine, mein Schatz, gute Nacht!«

Eine ganze Stunde zu früh! Das konnte nur eins bedeuten, und bei dem Gedanken wurde mir schlecht: Ich hatte am Ring gedreht. Irgendwann an diesem Abend hatte ich die Zeit verstellt. Und das bedeutete, dass ich Justin entweder mitgenommen hatte, oder ...

»Nein«, stöhnte ich und sank halb ohnmächtig aufs Bett. Ich hatte ihn NICHT mitgenommen. Deshalb hatte er nichts Nettes in seiner SMS geschrieben, keine Bemerkung zu unserem Abend gemacht und mich behandelt, als wäre nichts passiert: weil nichts passiert war!

Am liebsten hätte ich den Kopf gegen den Schrank gehauen, mich mit einer Rute ausgepeitscht oder mir selbst Hausarrest verpasst. Da erlebte ich den zauberhaftesten und romantischsten Abend meines Lebens und löschte bei meinem Freund die Erinnerung. So dämlich konnte doch niemand sein!

Ich atmete langsam ein und aus, versuchte mich zu beruhigen und ging Schritt für Schritt den gestrigen Abend durch, Rekapitulation nannte man das und ich kannte es aus Kriminalromanen. Wir hatten gegessen, uns gegenseitig Komplimente gemacht, uns umarmt und geküsst. Und dann hatten wir darüber gewitzelt, am Ring zu drehen. War es da passiert? Nein. Wir hielten uns umschlungen, Justin wäre mitgereist. Also musste es später passiert sein. Irgendwann hatte ich den Ring noch einmal berührt, an ihm herumgespielt. Ob ich da ...?

Was für eine Katastrophe! Unsere Romanze hatte kaum länger als eine Stunde gedauert, vielleicht konnte sich Justin noch an die eine oder andere Nettigkeit erinnern, wenn überhaupt, aber ich bezweifelte auch das. Und was musste er sich gedacht haben nach diesem Abend?

Ein kurzes Picknick am See und ich will nach Hause? An unserem persönlichen Festtag, dem Jahrestag seiner Abreise, den wir alleine und angemessen feiern wollten? Vermutlich hatte ich ihn enttäuscht, vielleicht sogar schwer gekränkt. Deshalb wollte er nicht mit mir reden und tanzte mit einer anderen. Er war sauer und ich konnte es ihm nicht einmal verdenken. Blöd war nur, dass dieses weizenblonde Übel namens Kirsten die Situation schamlos ausnutzte und vermutlich genau in diesem Moment mit Justin am Seeufer saß.

So wie ich gestern Abend.

Der Gedanke bohrte sich mir ins Herz wie eine Stricknadel. Ich musste versuchen, Atlanta zu erreichen, vielleicht konnte sie Schlimmeres verhindern. Ich griff zum Handy und hatte Glück, sie hörte das Läuten. »Schätzchen, ich verstehe ja, dass du wütend bist, aber warum bist du denn gleich abgehauen? Justin hat dich überall gesucht.«

»Die beiden dürfen auf gar keinen Fall ...«

»Beruhige dich, Justin ist nach Hause gegangen.«

»Und Kirsten?«

»Die ist hier und flirtet mit halb Sunderby und Umgebung. Mann, geht die mir auf die Nerven. Wenn es ihr hier weiterhin so gut gefällt, wird sie ewig zu Besuch bleiben.«

Atlanta stöhnte und ich gleich mit. Dann entschuldigte ich mich bei ihr für mein Verschwinden, bot Hilfe beim Aufräumen an und wünschte ihr noch einen schönen Abend. Anschließend knipste ich das Licht aus und ging schlafen. Ich musste dringend mit Justin reden, sofort nach dem Aufstehen, gleich morgen früh.

20. Kapitel

Der nächste Morgen begrüßte mich mit strahlendem Sonnenschein. Es gab keinen Nebel, nicht den feinsten Hauch Milchsuppe vorm Fenster. Das war ungewöhnlich. Gleichzeitig flogen Schwalben und segelten so tief wie sonst nur bei Gewitter, doch nirgendwo trieben Wolken am Himmel. Und auch das war seltsam.

Im Nachhinein habe ich mich oft gefragt, warum ich die Zeichen nicht richtig deutete, in diesem Moment nicht bereits ahnte, dass etwas passieren würde. Warum ich nicht beim Aufstehen schon merkte, dass alles falsch und nichts wie sonst war. Aber das tat ich nicht.

Ich frühstückte mit dem gleichen Heißhunger wie jeden Morgen und lief dann in die Chocolaterie hinunter. Mam war nicht allein. Atlantas Mutter stand neben ihr und buk Muffins. Die beiden grinsten mich an und ich sah auf den ersten Blick, dass sie sich auch als Kolleginnen super verstanden.

»Und, wirst du einen schönen Tag haben?«, fragte Mam.

Ich nickte, weil ich es nicht besser wusste.

»Eben habe ich Justin gesehen«, sagte Mam und deutete mit einer vagen Handbewegung aus dem Fenster.

»Ich wollte gerade zu ihm«, erwiderte ich, öffnete die Tür und trat vors Haus. Justin stand auf der anderen Seite der Straße. Er trug Kopfhörer und sah in den Himmel. Möglicherweise beobachtete er die Schwalben, suchte ebenfalls nach Gewitterwolken, und irgendwo grollte tatsächlich ein Donner, nein, es war ein leises Dröhnen, das langsam heranrollte. Ein LKW näherte sich, einer jener Tanklaster, die manchmal zum Hafen fuhren, um Boote und Dampfer zu befüllen. Und dann sah ich Kirsten, sie stand etwas weiter unten an der Kreuzung. Jetzt hatte sie Justin entdeckt und winkte ihm zu, er lächelte und trat auf die Straße. »Justin!«, brüllte ich, aber es war zu spät.

Das Geräusch quietschender Reifen zerriss die Luft. Der Fahrer des Tanklasters trat auf die Bremse, hinter der Windschutzscheibe konnte ich sein Gesicht sehen, die aufgerissenen Augen, den weit geöffneten Mund. Ich hatte das Gefühl, die Zeit bliebe stehen, es war, als hörte ich das Ticken der Uhr in Grandmas Wohnzimmer, das barmherzige Geräusch unendlicher Langsamkeit, das Sekunden zu Stunden machte. Justin stand immer noch reglos auf der Straße, die riesige Kühlerhaube keine zwei Meter von ihm entfernt, die Stoßstange blitzte in der Sonne wie die Zahnreihe eines Hais. Dann machte der Laster einen Schlenker, rutschte an Justin vorbei über die Kreuzung und weiter die Straße zum See hinunter. Der Fahrer hatte jetzt offenbar die Kontrolle über den Wagen verloren, er rauschte auf die

Mauer der Strandpromenade zu, durchbrach sie und versank im See.

Justin stand immer noch da wie angewurzelt, blickte dem Tanker hinterher und endlich kam Leben in ihn. »Candy, der LKW, der Fahrer ... tu etwas!!« Ich eilte über die Straße, berührte Justins Schulter und drehte am Ring, vorsichtshalber gleich ein ganzes Stück.

Der Sturm entriss uns dem Grauen. Ich sah gerade noch, wie sich der Tankwagen in Grießsuppe verwandelte, dann schloss ich die Augen. Und als ich sie öffnete, lag ich wieder in meinem Bett.

Mein Handy klingelte. »Das war ja eine schöne Scheiße«, keuchte Justin. »Ich bin zuhause, magst du rüberkommen?«

Ich hatte immer noch ganz zittrige Knie, als ich bei Justin eintraf, aber ihm ging es ähnlich. Er füllte zwei Gläser mit Orangensaft, und dann setzten wir uns in den Garten.

»Shit, ich hab ihn nicht gesehen!«

»Weil du dieser Kirsten zugewinkt hast und gar nicht schnell genug über die Straße kommen konntest.«

»Jetzt hör mit Kirsten auf, das nervt«, zischte er. »Dieser LKW hätte mich beinahe erwischt, und nur weil der Fahrer das vermeiden konnte, ist er in den See gekippt. Wahnsinn, dass wir den Ring haben, ohne ihn ...« Justin schüttelte den Kopf und drückte mit den Daumen gegen seine Ohren – die Zeitreisen wurden nicht leichter für ihn.

Wir tranken unseren Orangensaft, schwiegen vor uns hin und dann hörten wir aus der Ferne das Brummen des Lasters, wie er näher kam, sich wieder entfernte, und hielten die Luft an. Aber der Knall blieb aus, wie bei einer Rakete, die nicht gezündet worden war.

Wir atmeten auf und beschlossen, an der Strandpromenade ein Eis zu essen, verließen den Garten und bummelten die Straße zum See hinunter. Das Brummen kam plötzlich und wie aus heiterem Himmel. Als Kind war ich mal in ein Wespennest getreten und hatte es erst gemerkt, als sich die Stille in ein hässliches Geräusch verwandelt hatte. Genauso war es jetzt.

Ich riss den Kopf herum und sah den Tanklaster auf uns zukommen. »Weg hier!«, brüllte ich und sprang auf Justin zu, riss ihn um und krachte mit ihm zu Boden. Der Tanklaster machte einen Schwenk, rutschte über die Kreuzung und weiter die Straße zum See hinunter. Dort knallte er gegen die Mauer der Strandpromenade, durchbrach sie, riss sich den Bauch auf und kippte völlig lädiert in den See.

»Der Tanker, das Benzin ... schnell«, schrie Justin, er war schrecklich bleich und sein Bein sah seltsam verdreht aus, wie das einer alten Puppe. Auf Großmutters Speicher hatte ich solche Figuren gesehen, Teddies mit ausgerissenen Augen und Puppen mit abgewinkelten Gliedmaßen, doch in echt war das eine ganz andere Nummer.

Mit zitternden Fingern berührte ich Justin und drehte am Ring. Diesmal war es kein Sturm, der uns hinwegfegte, es fühlte sich eher an wie ein Orkan der Windstärke zwölf. Er schleuderte uns gegeneinander, riss uns in die Luft, und als wir Sekunden später erneut im Garten saßen, waren unsere Saftgläser noch voll und Justins Bein wieder in Ordnung. Doch wir beide waren alles andere als okay.

»Kannst du mir das erklären?«, wisperte Justin.

»Nein.« Auch mir gelang nur ein Flüstern.

»Der Laster war längst weg. Wie kann es sein, dass er plötzlich hinter uns war? Ich habe ihn nicht gehört, hast du ...?«

»Nein, ich verstehe das auch nicht. Vielleicht hat er ja irgendwo geparkt, oder es war nicht derselbe LKW, ich habe keine andere Erklärung.«

Justin schüttelte noch ein bisschen seinen Kopf, und als es ihm besser ging, rutschte er mit seinem Stuhl ganz nah an mich heran. »Candy, an einem einzigen Vormittag werde ich zweimal fast überfahren. Beim letzten Mal verliert der Laster Tausende Liter Öl oder Benzin, weißt du, was das bedeutet hätte?«

Ich nickte. Gegen das Benzin wären die Wasserpest oder die Moskitos Peanuts gewesen, ganz Sunderby wäre in eine Katastrophe gerauscht. Ich dachte an Joe und die Fischer, den Tourismus und unsere Badetage am See. »Wir müssen uns beruhigen und einen kühlen Kopf bewahren«, sagte ich, »und dann gehen wir noch mal raus. Wenn es erneut passiert, haben wir ein Problem. Wenn nicht, war es nur ein bescheuerter Zufall.«

Justin reagierte nicht gerade begeistert, doch er sah ein, dass dies die einfachste und beste Lösung war. Also gingen wir nach einer knappen Stunde wieder auf die Straße und marschierten zum See. Wir hielten uns an den Händen,

Justin richtete seinen Blick nach vorne, ich meinen nach hinten. So erreichten wir die Strandpromenade, ohne dass etwas passierte. Nun ja, die Leute von Sunderby sahen uns ein wenig seltsam an, aber das war auch schon alles.

Wir kletterten zum Ufer hinunter und wanderten am See entlang. Die Erleichterung krabbelte wie ein Schwarm Ameisen über meine Wirbelsäule und auch Justin entspannte sich. »Ein blöder und wirklich gefährlicher Zufall«, sagte ich, dann holten wir uns an der Strandbar eine Cola, bummelten an den Badebuchten vorbei, redeten und lachten und bald schon war es so, als sei nie etwas passiert.

»Wo warst du eigentlich gestern Abend so plötzlich?«, fragte Justin. Doch dies war nicht der passende Moment, um Missverständnisse zu beheben oder von unserem zauberhaften Abend am Steg zu erzählen. Also zuckte ich nur mit den Schultern und gab mich ganz cool. »Ich war müde, sorry.« Dann schlug ich vor, zum Pavillon zu gehen und Atlanta beim Aufräumen zu helfen. Insgeheim hoffte ich, dort nicht auf Kirsten zu treffen, aber Großmutter hatte immer gesagt, dass es zwei Sorten von Menschen gab: diejenigen, die feierten, und andere, die hinterher aufräumten. Und da Kirsten gestern ausgiebig gefeiert hatte, baute ich darauf, dass sie zur ersten Kategorie gehörte. Tatsächlich trafen wir am Pavillon nur Atlanta und Marko. Wir sammelten die leeren Flaschen ein, füllten den Müll in Tüten und verbrachten einen ruhigen Nachmittag zu viert. Dann brachen wir auf. Wir schleppten den Müll und das Geschirr nach Hause, kletterten über die Mauer der Promenade und bummelten zum Marktplatz hinauf, als uns plötzlich ein Tanklaster entgegenkam.

»Der ist ziemlich schnell«, rief Atlanta, »hey Leute, der bremst nicht!« Sie griff nach meiner Hand und sprang in die Wiese. Marko hechtete hinterher, doch Justin blieb wie angewurzelt stehen. Mitten auf der Straße und keine zehn Meter vom Tanklastzug entfernt. Der Fahrer hupte, riss den Lenker herum, schlidderte über die Kreuzung und rutschte die Straße zum See hinunter. Es gab einen fürchterlichen Knall, dann stieg eine riesige Rauchsäule über der Seepromenade auf. Marko griff nach seinem Handy und wollte den Notruf betätigen, doch ich war schneller, drehte ein kleines bisschen am Ring und wenige Sekunden später waren wir wieder am Pavillon. Hierhin kam kein Laster und hier wollte ich bis in alle Ewigkeit bleiben.

21. Kapitel

Ein singuläres Ereignis bezeichnet man gern als Schicksal. Passiert zweimal das Gleiche, nennt man es Zufall und redet tagelang über nichts anderes. Erlebt man aber dreimal das Gleiche, dann ist das Bestimmung oder unterliegt einem geheimen Plan.

»Wir können hier nicht weg«, flüsterte ich Justin ins Ohr. »Es ist schon wieder passiert. Oben im Ort, wir waren fast zuhause. Der Laster ist in die Mauer gekracht und diesmal hat's fürchterlich gebrannt.«

»Nein!« Justin sackte in sich zusammen, wurde kreidebleich und Atlanta wäre nicht Atlanta gewesen, hätte sie es nicht bemerkt.

»Was ist denn mit euch los?«

»Alles in Ordnung«, log ich, doch meine beste Freundin schüttelte den Kopf, so wie meine Mathematiklehrerin es immer tat, wenn sie mit einer Antwort nicht zufrieden war. »Also noch mal: Was ist los?«

Ich seufzte und Justin zuckte mit den Schultern. »Warum erzählen wir es nicht?«, fragte er. »Wir haben ja immer noch die Möglichkeit ...«

Er hatte recht. Reagierten unsere Freunde verständnislos, drehten wir einfach am Ring, wobei meine Kräfte für heute fast erschöpft waren.

Wir setzten uns ins Teehaus, ich begann zu erzählen und es kam, wie es kommen musste: Unsere Freunde hielten uns für plemplem. »Ich weiß ja nicht, was mit euch los ist«, sagte Atlanta nach einer Weile, »aber die Sonne muss euch den Verstand verätzt haben.«

Ich zeigte ihnen den Dampfer, der am gegenüberliegenden Ufer des Sees lag. Dann bat ich Marko, auf die Uhr zu sehen, griff nach seiner und Atlantas Hand, Justin berührte mein Bein, ich drehte am Ring, und ... wir standen wieder auf der Wiese.

Justin schüttelte den Kopf, Atlanta war ein bisschen grün im Gesicht, aber Marko schien es gutzugehen.

»Shit, was war das?« Atlanta wagte kaum zu atmen.

Marko starrte mich an und zog sein Handy aus der Tasche. »Zwanzig Minuten früher als gerade eben. Verflixter Mist, das ist unglaublich.«

Wir gingen erneut ins Teehaus, ich deutete auf den Dampfer, der weit davon entfernt war, am gegenüberliegenden Ufer anzulegen, und spätestens jetzt hatte ich die volle Aufmerksamkeit meiner Zuhörer. Nach einer Selbsterfahrung nahm das Interesse sprunghaft zu, das hatte ich schon bei Justin erlebt, und jetzt musste ich alles noch einmal erzählen. Ich redete mir den Mund fusselig, berichtete von Grandma, dem Seefest, der Gemeindeversammlung und dann war Justin dran, denn jetzt kam der schwierige

Part: irgendetwas schien aus dem Ruder zu laufen. »Drei Unfälle und alle heute?« Atlanta wurde kreidebleich.

»Merkwürdig«, murmelte Marko. »Ihr sagt, der Ring habe immer gut funktioniert und wenn Bella daran dreht, entsteht so eine Art neue Wirklichkeit. Bislang hat sich also kein Ereignis wiederholt, das verändert wurde?« Ich schüttelte den Kopf.

»Nur dieser Unfall«, fuhr Marko fort. »Offenbar kann ihn der Ring nicht ungeschehen machen.«

»Es scheint so«, sagte ich und stöhnte.

Atlanta schwieg, beobachtete den Dampfer und langsam kehrte Farbe in ihr Gesicht zurück. »Das ist der vermutlich verrückteste Tag meines Lebens und ich hätte gerne mehr Zeit, das auszukosten. Aber so, wie die Dinge stehen, braucht Justin dringend Hilfe.«

»Oder Sunderby«, erwiderte Justin, doch Atlanta schüttelte den Kopf.

»Dieser LKW steuert auf *dich* zu. Kann der Fahrer nicht ausweichen, wirst du angefahren. Bleibst du unversehrt, fließt die Ladung in den See oder Sunderby brennt ab, aber letztlich bist immer du schuld.«

Daran hatte ich noch gar nicht gedacht.

»Justin ist der Erste, der von dem Ring erfahren hat«, sagte Marko. »Ich meine, der erste Außenstehende, der nicht im Besitz des Rings ist.« Dann schwieg er und ließ die Worte wirken. Im Pavillon breitete sich das Entsetzen aus wie verschütteter Kaffee auf einer Tischdecke: schnell und extrem hässlich.

»Das ist doch nicht dein Ernst«, sagte Justin. »Du meinst, es ist so eine Art Fluch? Seid wann glaubst du an so etwas?«

»Bis vor wenigen Minuten habe ich auch nicht an Zeitreisen geglaubt«, erwiderte Marko und da hatte er natürlich recht. Wir bewegten uns nicht mehr auf dem Boden der Normalität, schon längst nicht mehr.

»Dann lösen wir jetzt dieses Rätsel, sonst erwischt es Marko und mich auch noch«, sagte Atlanta, »schließlich wissen wir nun ebenfalls von dem Ring.«

Atlanta war einfach herrlich pragmatisch und blieb immer klar im Kopf, selbst wenn sie vermutlich eine Riesenangst hatte.

»Es ist ja nicht gesagt, dass es daran liegt«, erwiderte Marko. Aber auch er war der Meinung, dass wir der Sache auf den Grund gehen sollten. Und dann erklärte er uns seinen Plan:

1. Wir mussten sicher nach Hause kommen (*wir* hieß Justin).

2. Wir mussten herausfinden, wie der Ring funktionierte und warum er ausgerechnet bei Justins schlimmen Beinaheunfällen nicht in der Lage war, das Geschehen zum Guten zu wenden. Dazu mussten wir Grandmas Haus auf den Kopf stellen und nach Tagebüchern oder Aufzeichnungen suchen. Jemand, der jahrelang an den Geschicken des Ortes gedreht und nie darüber gesprochen hatte,

hatte seine Erlebnisse womöglich irgendwo aufgeschrieben. (Wie blöd von mir, dass ich da nicht schon selbst draufgekommen war).

3. Wir mussten einen Weg finden, damit erstmal kein weiterer Unfall passierte (das war sicher der schwerste Teil). Wenn nötig, konnten wir mit Hilfe des Ringes unfallfreie Phasen doppelt ablaufen lassen, um damit Zeit zu schinden.

»Das zehrt aber ordentlich an meinen Kräften«, warf ich ein. »Und Justin verträgt diese Reisen nicht so gut.«

»Ich ebenfalls nicht«, sagte Atlanta und würgte demonstrativ.

»Wir müssen nicht jedesmal mitreisen«, sagte Marko. »Du kannst auch allein am Ring drehen und uns anschließend alles erzählen.«

Ich fand das nicht so witzig, wurde aber deutlich überstimmt.

Dann brachen wir auf, doch diesmal gingen wir über die Felder, das war sicherer. Das Korn war schon abgeerntet, aber der Mais stand hoch und auf den Wiesen blühten die Blumen. Die Hitze strich mit heißem Atem über den Raps, die Libellen standen bewegungslos in der Luft und ihre seidenen Flügel glitzerten in der Sonne. Nur die Schnaken nervten. Aber es war ein schönes Gefühl, neben meinen

Freunden (die nun alle Bescheid wussten) durch den Sommer zu spazieren, durch den warmen Wind und die spannendsten Ferien, die ich je hatte.

Als ich nach Hause kam, stand Mam vor dem Spiegel. »Bei mir wird es heute spät«, sagte sie und gab mir zur Begrüßung einen Kuss. »Johnny und ich fahren in die Stadt und gehen ins Kino. Und du?«

»Ich treffe Atlanta und Marko, drüben bei Justin.« Wir wollten noch einen Schlachtplan für die nächsten Tage entwerfen und ich war ein wenig geistesabwesend. Doch dann wurde mir bewusst, dass dieser Johnny immer noch durch Mams Leben huschte, und das war nichts, was mich glücklich machte.

»Sag mal, wäre Tom nicht was für dich?«

»Schatz, damit hast du mir schon als Kind in den Ohren gelegen. Erinnerst du dich noch an deine Liste?«

Natürlich. Was für eine Frage.

»Sieh mal, das ist nicht so einfach«, sagte Mam. »Mit Tom verbindet mich ganz viel Freundschaft, aber ... wie soll ich sagen ... ich habe nie gespürt, dass er mehr von mir will. Weißt du, was ich meine? Zwischen uns hat es nie gebrizzelt.«

Da war es. Das Brizzel-Wort, das ich so hasste. Bei meiner Mutter musste immer alles brizzeln, der Funke sollte überspringen und die Leidenschaft lodern. Sie sah sich als klassische Heldin eines Liebesromans: Wenn es funkte, schob sich die Wolke vor den Mond, zwölf Käuzchen schrien und der Boden brannte vor Leidenschaft.

»Vielleicht habt ihr es nur nie zugelassen?«

Mam schien darüber nachzudenken. »Ja, vielleicht«, sagte sie. »Aber dann ist es eben so.« Sie legte die Wimpertusche beiseite und schlüpfte in ihre Sandalen. »Außerdem gibt es ja Johnny.«

Ich seufzte. »Welchen Film seht ihr euch an?«

»Den letzten Bond.«

Na klar. Ausgesucht von Johnny persönlich. Dem unerkannten James Bond, dem verkappten Superheld der eigenen Träume. Aber ich hielt meinen Mund, denn ich wollte Mam auf gar keinen Fall verärgern. Sie ging nicht oft ins Kino und freute sich sicherlich schon ein Loch in den Bauch. Außerdem hatte sie mir eine große Schale Tiramisu gemacht und derart ausgerüstet betrat ich wenig später den Garten unserer Nachbarn. Die anderen waren schon da.

»Du siehst müde aus«, sagte Atlanta.

Kein Wunder, so fühlte ich mich auch.

»Lasst uns anfangen«, sagte Justin und dämpfte seine Stimme. »Ich habe Joe angerufen. Ich fand es seltsam, dass heute so viele Tanker durch den Ort gefahren sind, schließlich hat Sunderby nur einen Dampfer und ein paar Boote. Doch Joe sagte, dass es derzeit an der Bundesstraße Bauarbeiten gäbe und daher die wöchentliche Lieferung für die Tankstelle nun einmal pro Woche durch Sunderby fahren müsste. Was erst mal eine gute Nachricht ist, denn das verschafft uns eine Woche Zeit, dem Ganzen auf den Grund zu gehen.«

»Damit wäre zumindest Punkt 3 unserer Liste kurzfristig gelöst, aber bei der Erklärung für die Vorfälle stehen wir noch ganz am Anfang«, warf ich ein. »Warum zieht es dich zum Beispiel immer wieder auf die Straße, wenn ein Tanker kommt? Und warum läuft jede dieser Situationen ähnlich ab?«

»Ich gebe Bella recht«, sagte Atlanta. »Das ist ziemlich spooky.«

»Morgen früh inspizieren wir das Haus von Bellas Großmutter«, ergriff Marko das Wort. »Geht das in Ordnung?« Ich nickte, vorsichtshalber hatte ich Mam gefragt, ob wir auf dem Speicher nach altem Gerümpel suchen durften, und sie hatte nichts dagegen gehabt. »Wir suchen Tagebücher, alte Aufzeichnungen, Kalender. Vielleicht hatte Frau Sander ja Brieffreunde, mit denen sie offen kommunizierte.«

Das war nicht sehr wahrscheinlich, aber Marko hatte recht, wir durften nichts unversucht lassen.

»Und dann wäre da noch die Sache mit den Hendersons.«

»Den Hendersons?«

»Du hast doch erzählt, dass deine Großmutter den Ring vermutlich in einer Hütte der Hendersons gefunden hat. Also wäre es doch möglich, dass auch sie schon von den Kräften des Rings wussten.«

»Und wie willst du das rausfinden?«, fragte ich. »Zu diesen Blödmännern gehen und dich verprügeln lassen? Oder sie auf die Idee bringen, mir den Ring wieder abzunehmen?«

Marko schüttelte den Kopf. »Wir müssen mit dem Bürgermeister reden oder einen Blick in eine alte Dorfchronik werfen. Vielleicht wurde ja schon seit Jahrhunderten unbemerkt an dem Ring gedreht.«

Wir starrten Marko an. Was für eine verrückte Idee! Aber die Möglichkeit bestand natürlich, da hatte er schon recht. Dann kam Atlanta an die Reihe und ihr Gedankengang war sehr beunruhigend.

»Ich habe mir überlegt, ob die Sache etwas *mit Justin selbst* zu tun haben kann«, sagte sie. »Vielleicht denkt oder macht er etwas, das die Magie des Rings außer Kraft setzt.«

Wow. Nun waren wir alle ganz still, denn das war ein wirklich schräger Gedanke. Wie sollten wir wissen, was den Ring außer Kraft setzte, und was sollte das in Justins Fall sein? Aß er morgens zu viel Marmelade, hörte die falsche Musik oder dachte an gruselige Dinge?

»Du meinst, der Ring könnte so eine Art Strafinstanz sein?« Justin war schockiert. »Das ist schon etwas heftig. Vielleicht setzt der Ring ja aber auch bei dir aus und wir wissen es nur noch nicht.«

Doch Atlanta ließ sich nicht beirren. »Es kann natürlich auch sein, dass Bella etwas macht, das nicht korrekt ist.«

»Ne, echt nicht«, erwiderte ich und Justin grinste.

Trotz des anstrengenden Tages sah er sagenhaft gut aus. Wir hatten ein paar Kerzen angezündet, die Flammen spiegelten sich in seinen Augen. Seine Haare waren mächtig zerzaust, alles an ihm wirkte ein wenig wild, und das stand ihm wahnsinnig gut. Für einen kurzen, aber wunderschönen Augenblick dachte ich an unseren Abend auf dem Steg, die Umarmung und den Kuss. Mam hätte vermutlich gesagt, es hatte gebrizzelt, aber das Blöde daran war, dass ich es Mam nicht erzählen wollte. Und dass Justin nichts mehr davon wusste, was noch viel blöder war.

22. Kapitel

Nach diesem Abend waren wir eine eingeschworene Gemeinschaft. Wir hatten uns zwar beinahe gestritten, aber wir hüteten ein Geheimnis und teilten eine wichtige Aufgabe, die wir lösen mussten.

Und diese Herausforderung ließ uns keine Wahl: Marko entschuldigte sich für zwei Tage in der Surfschule, Atlanta ließ ihre Cousine links liegen, Justin schrieb mir bis spät in die Nacht SMS und nicht nur er. Auch mit Atlanta und Marko war ich bis kurz vor dem Einschlafen in Kontakt. An Schlaf war sowieso kaum zu denken, ich genoss den Wirbel und das Gefühl, dass wir den gleichen Weg, das gleiche Ziel hatten. Dass Justin in Gefahr war, schob ich gedanklich von mir. Wir waren zu viert, hatten den Ring und solange er funktionierte, würde ihm nichts zustoßen und auch sonst niemandem.

Gleich am nächsten Morgen schwangen wir uns auf die Räder und fuhren zum Bruchwald. Es war sieben Uhr morgens und um diese Zeit waren die Straßen nahezu leer. Als ich die Haustür aufschloss, hatte ich einen Kloß im Hals. Meine Freunde blieben in gebührendem Abstand hinter mir, sie wussten, dass mir dieser Besuch ganz und gar nicht leichtfiel.

Ich war noch nie hier gewesen, ohne Grandma zu sehen, ihr Geruch schlug mir schon auf der Türschwelle entgegen und ich brauchte ein paar Minuten, um mich zu sammeln. Dann traten wir ein und ich versuchte, nicht an sie zu denken. Atlanta und Justin hakten sich bei mir unter, verwickelten mich in ein Gespräch und nach ein paar Minuten war das Schlimmste vorbei.

Marko hatte recht gehabt: Es gab eine Unmenge an Aufzeichnungen, Papieren und Einträgen in alten Notizbüchern. Mir war nicht klar gewesen, wie viel Handgeschriebenes bei Menschen existierte, die nie einen Computer besessen hatten. Wir begannen mit unserer Suche im Wohnzimmer. Jeder stöberte in einem anderen Eck oder saß auf dem Sofa und las in Grandmas Notizen.

»Hier sind Briefe früherer Bürgermeister und Gemeindevorsteher«, sagte Atlanta. »Offenbar hat deine Großmutter immer wieder um Verschiebung bestimmter Abstimmungen gebeten.« So war sie also vorgegangen. Sie verzögerte die Beschlüsse und in der Zwischenzeit überredete sie die Leute, überzeugte und beeinflusste sie.

»Sieh mal, Candy«, rief Justin. »Ein uralter Kalender aus dem Jahr 1963. Er lag ganz oben in einer Schublade. Dieser Tag hier im August ist rot eingekringelt. Mit drei Ausrufezeichen.«

»Da muss sie den Ring gefunden haben, lass mal sehen.«

»Es ist der siebte August«, sagte Marko. »Hey, der Tag

des Seefestes. Ist das keinem ihrer alten Freunde aufgefallen? Dass das Seefest immer am Jahrestag des Hüttenbrandes stattfindet? Unglaublich.«

Und so machten wir weiter, zeigten uns gegenseitig unsere Funde, und auch wenn ich anfangs ein schlechtes Gewissen hatte und das Gefühl, Verrat an Grandma zu begehen, weil wir in ihren Sachen schnüffelten, verlor sich der Gedanke irgendwann. Unsere Suche wurde immer effektiver, bald blätterten wir nur noch durch die Notizen und legten Unwichtiges unbesehen zur Seite. Bis Atlanta einen Schrei ausstieß. »Bella, sieh mal, das darf doch nicht wahr sein!«

Sie hatte im Regal ein paar Gedichtbände von Rilke verschoben und dahinter eine Reihe Bücher gefunden, die in schwarzes Leder gebunden und mit Jahreszahlen versehen waren.

»Das sind Tagebücher, oh Mann, das sind Tagebücher!«

Mit einem Satz war ich auf den Beinen und schob Atlanta aufgeregt zur Seite. Tatsächlich, ein ganzes Regalfach voll, chronologisch aufgereiht von 1960 bis heute. Und nicht ein Band fehlte.

»Nun haben wir ein Problem«, sagte Marko. »Du wirst uns sicher nicht erlauben, sie zu lesen. Aber für dich allein sind es zu viele.«

Er hatte recht, das *war* ein Problem.

»Wir drei könnten die frühen Aufzeichnungen durchgucken«, sagte Justin. »Die liegen fünfzig Jahre zurück und betreffen kaum jemanden, den wir heute noch kennen. Und Candy nimmt sich die neueren aus den letzten fünfzehn Jahren vor, das ist immer noch viel.«

Ein guter Vorschlag, aber ich war unsicher.

»Beginnt mit dem Band von 1963«, sagte ich. »Ich muss kurz weg, bin aber gleich wieder da.« Ohne irgendwelche Einwände abzuwarten, schoss ich aus dem Haus, schwang mich aufs Fahrrad und fuhr zum Friedhof. Dort setzte ich mich auf den Stein vor Grandmas Grab, erzählte ihr die ganze Geschichte mit Justin, den Lastwagen und dass wir nun in ihrem Haus nach Erklärungen suchten.

»Ist das okay für dich? Es sind meine Freunde, sie wollen mir helfen, aber es sind *deine* Tagebücher.«

Grandma schwieg. Okay, das hätte ich an ihrer Stelle auch getan.

»Ist es denn in Ordnung, wenn *ich* sie lese? Ich weiß ja nicht, was drinsteht und auf was ich alles stoßen könnte, aber ...«

Keine Antwort, nicht das leiseste Geräusch in den alten Erlen, kein Wind über dem Hochmoor. Es war wie verhext, aber ich brauchte ein Zeichen. Anders konnte ich nicht weitermachen.

In diesem Moment schlurfte ein alter Mann vorbei, den ich nicht kannte. »Es ist, wie es ist«, sagte er und jetzt rauschten die Erlen, einen kurzen Moment nur, aber das genügte mir. Ich rupfte eine Blume vom Nachbargrab und legte sie Großmutter zu Füßen, als kleines Dankeschön. Es war eine rote Aster und Grandma mochte Rot.

Dann radelte ich zurück. »Ihr lest die frühen Jahre«, rief ich, als ich das Haus betrat. »Und ich die späten, los geht's!«

Stunden später machten wir eine Pause, Marko holte ein paar Brötchen und ein Stück Salami aus seinem Rucksack und während wir aßen, tauschten wir uns aus. »Deine Großmutter hat den Ring tatsächlich in der alten Hütte gefunden«, begann Justin. »Lange Zeit wollte sie ihn zurückgeben, wusste aber nicht, wem.«

»Erst ein Jahr später hat sie bemerkt, was sie damit machen kann«, fuhr Atlanta fort. »Während einer Bootsfahrt mit Freunden. Danach hat sie ihn täglich ausprobiert und alles minutiös geschildert.«

»In dem Band, den ich gelesen habe, beschreibt sie bereits, wie sie den Leuten aus Sunderby hilft«, sagte Marko. »In diesem Jahr rief sie auch das Seefest ins Leben und schrieb jene seltsame Rede.«

Ich nickte, all das deckte sich mit meinen Überlegungen und den Dingen, die ich bereits herausgefunden hatte. Ich selbst hatte kaum etwas in dem Tagebuch von vor zehn Jahren gefunden. Da war die Sache mit dem Ring längst Routine, und Grandma hatte diesbezüglich kaum noch Nennenswertes notiert. »Vielleicht solltest du hinten anfangen«, schlug Justin vor, »kurz vor dem Ende.«

Doch Marko war dagegen. »Wir suchen den Fehler im System«, sagte er. »Und wir müssen das System verstehen, um den Fehler zu finden.«

Also machten wir weiter, gingen akribisch Buch für

Buch durch, bis wir völlig gaga waren und die Sache für diesen Tag beendeten.

»Jeder nimmt sich zwei Bände mit nach Hause«, entschied ich. »Aber völlig top secret, lasst sie bloß nicht eure Eltern oder meine Mutter sehen.«

Bei dem Gedanken an Mam wurde mir schwindlig, niemals hätte ich erklären können, warum meine Freunde in den Tagebüchern ihrer Mutter lasen. »Außerdem schwört ihr, alles Persönliche in diesen Büchern zu vergessen und nie auch nur ein Wort darüber zu verlieren.« Grandmas Bemerkungen über andere Menschen waren extrem spitzzüngig, und das könnte peinlich werden.

»Beruhige dich«, sagte Atlanta, »es geht ja nicht um deine Großmutter, sondern um den Ring und Justins Sicherheit.«

»So ist es«, sagte Marko.

Und Justin bedankte sich bei mir.

Das war ein schönes Gefühl und langsam verstand ich, warum Teams so gut funktionierten und was Marko und Atlanta an Tottenham und dem ganzen Fußball fanden. Gute Mannschaften hatten nicht nur ein gemeinsames Ziel, sie folgten tatsächlich ganz eigenen Regeln.

Als ich zuhause war, verzog ich mich in mein Zimmer, warf mich aufs Bett und klappte den nächsten Band auf. Es war schon seltsam, die schnörkelige Schrift meiner

Großmutter zu entziffern und in ihre Vergangenheit einzutauchen. »Die Vergangenheit ist nichts weiter als eine Ansammlung der eigenen, winzigen Geschichten«, hatte Grandma einmal gesagt und nun lagen sie vor mir, ihre abertausend kleinen Geschichten. Sie handelten von Sunderby und seinen Bewohnern, von sonnigen und verregneten Tagen, guten und besseren Zeiten. Von mir und Mam, der Chocolaterie und dem Gemeindesaal. Von Miss Grehn, dem alten Joe und den Hendersons.

Die meisten der Erzählungen überflog ich, aber dann stieß ich auf eine Passage, die anders war. Grandma sprach über den Ring und ihr Ton änderte sich: *Es ist erstaunlich, wie viele Wünsche die Menschen haben. Je mehr ich erfülle, umso größer werden sie und ich mache mir Sorgen, ob die Kraft des Rings reicht.*

Und an anderer Stelle: *Die Menschen hier wissen gar nicht, wie viel Glück sie haben. Ich bin jetzt bei tausend Umdrehungen angekommen seit jenem Tag im Sommer. Und dennoch keine Versammlung ohne Gezeter, ich könnte aus der Haut fahren.*

Oh lala, die Leute von Sunderby waren gierig geworden. Warum war Grandma dann nicht mit der Wahrheit herausgerückt?

Die Antwort lag auf der Hand: Im Gegensatz zu mir hatte sie nie entdeckt, dass sie andere Menschen mitreisen lassen konnte, und so glaubte sie, keine ihrer Behauptungen je beweisen zu können. Was für ein Dilemma.

Auch wenn Sunderby ein freundliches und weltoffenes Dorf war – sie musste befürchtet haben, nie wieder ernst genommen, ausgelacht und für verrückt erklärt zu werden. Wenige Seiten später fand ich die Bestätigung: *Mein größter Wunsch wird sich nie erfüllen: einmal einem Menschen von dem Ring zu erzählen. Es ist nicht möglich, nichts ist beweisbar, niemand wird mir glauben.* Der Eintrag endete ohne weitere Erklärung, die nächsten Seiten waren leer, und der darauffolgende Band begann wie alle anderen. Mit kleinen Vorkommnissen, nichtigen Ereignissen und diversen Episoden aus der Welt in und um Sunderby. Bis Grandma erneut auf den Ring zu sprechen kam: *Habe ich ihn richtig eingesetzt? Es gibt Hunderte von Dingen, die ich im Laufe meines Lebens verändert, aufgehalten, für immer gestoppt habe. Aus Hunderten von Gründen und mit Hunderten Konsequenzen.*

Ich nickte, legte das Buch zur Seite, holte einen Zettel und einen Stift und notierte, was *ich* schon alles mit dem Ring gemacht hatte:

1. Ich habe peinliche Momente ausgemerzt (die Sache mit dem Kuss und der Ohrfeige) und schöne Momente ins Leben gerufen (das Picknick mit Justin).

2. Ich habe Wissen gewonnen (über Musik und den Eisgeschmack meiner Freunde) und Wissen gelöscht (als ich meinen Freunden zum ersten Mal von dem Ring erzählte).

3. Meistens habe ich den Ring absichtlich (juhu), einmal aber schon aus Versehen eingesetzt (seufz).

4. Ich habe einigen geholfen (Marko in der Surfschule), anderen aber auch geschadet (Johnny mit dem Blumenstrauß).

5. Ich habe den Lauf der Dinge beeinflussen können (im Gemeindesaal) und dann auch wieder nicht (bei den Unfällen, die ich nicht verhindern konnte).

Nie hatte ich nur eine Sache mit dem Ring gemacht oder erlebt, stets auch das Gegenteil. Das war gut, so hatte ich wenigstens nicht das Gefühl, in eine Richtung gegangen zu sein, die vielleicht falsch war. Was mich aber am meisten verblüffte, war die Tatsache, dass eine einzige Stunde Zeitreise so viele Möglichkeiten und Varianten bot!

Ich erinnerte mich an einen Abend vor drei Jahren. Mam hatte für Grandma und mich gekocht, es gab das Gericht Nummer zwei und eine Flasche Rotwein. Der Wein war Mam zu Kopf gestiegen und nach dem zweiten Glas hatte sie uns erklärt, dass das Leben aus ihrer Sicht ein ähnlich großes Angebot bereithielt wie das *Ten to Five*.

Ich weiß noch, wie Grandma und ich gelacht hatten. »Du liebe Güte!«, hatte Grandma ausgerufen. »Wenn ich vom Leben nicht mehr bekomme, als in Jeanettes Kramladen passt, erschieße ich mich.«

Doch vermutlich hatte Mam nicht die Anzahl der Produkte, sondern die Bandbreite des Angebots gemeint.

Und Grandma hätte eigentlich zustimmen müssen. Wo sie doch den Ring besaß und über die Fülle seiner Möglichkeiten Bescheid wusste.

Ich stand auf und stellte mich ans Fenster zur Straße. Von hier konnte ich bis zum See hinunter und übers Wasser sehen. Blinkende Bootslampen warfen ihr Licht durch die Nacht und Sunderbys Straßen lagen wie bleiche Ringelnattern im Mondlicht. Am schönsten aber waren die Hausdächer. Windschief bohrten sie sich in den Himmel, spitz und schwarz wie die Hüte von Zauberern. Das war mein Lieblingsbild, das Magiertreffen von Sunderby, die Silhouette eines geheimnisvollen Dorfes. Ich setzte mich aufs Fensterbrett, starrte in die Nacht hinaus und hätte gerne noch weiter in den Tagebüchern gelesen. Doch die folgenden Bände standen im Haus am Bruchwald.

Zwei Kilometer entfernt.

Im Regal hinter Rilke.

23. Kapitel

Ich konnte mit Mam reden, vielleicht würde sie mich mit dem Auto hinbringen. Um diese Uhrzeit und ohne plausiblen Grund war das nicht sehr wahrscheinlich, aber ich musste es zumindest versuchen. Ich lief ins Wohnzimmer und prallte schon an der Türschwelle zurück. Auf der Couch saß Johnny und blätterte in einer Zeitschrift.

»Noch wach?«

»Mhm. Wo ist Mam?«

»Unten in der Chocolaterie. Sie hat vergessen, einen Teig anzurühren, es kann etwas dauern.«

»Ähm, sagen Sie ... könnten Sie mir einen Gefallen tun?« Die Frage kam mir nur schwer über die Lippen, aber das hier war ein Notfall. »Ich müsste kurz ins Haus meiner Großmutter.«

»Um diese Uhrzeit?« Erstaunlicherweise stand Johnny trotzdem auf und griff nach seiner Jacke. »Was willst du denn dort?«

Er guckte mich neugierig an, fast so wie Atlanta es immer tat, und druckste ein bisschen herum und murmelte so unsinniges Zeug wie »wichtige Unterlagen«.

»Dort liegen wichtige Unterlagen?« Johnny wirkte irritiert.

»Ach, was soll's«, sagte ich, »Grandma hat mir einen Ring vererbt. Mit ihm kann man die Zeit um eine Stunde zurückdrehen. Aber das funktioniert gerade nicht so gut, deshalb suche ich in ihren Tagebüchern nach einer Erklärung.«

Nach dieser Beichte würde ich natürlich Johnnys Gedächtnis löschen müssen. Aber ich freute mich so sehr auf sein dummes Gesicht, dass mir jeder Aufwand recht war. Doch nun passierte etwas Seltsames.

»Das ist ein gutes Erbe«, erwiderte Johnny. »Ich habe von meiner Familie nur Schnickschnack bekommen, Wertpapiere, Geld, lauter unpersönliche Sachen.«

Ich warf ihm einen unsicheren Blick zu, verarschte er mich? Aber es sah nicht danach aus, er blickte mich an, lächelte und dann stiegen wir in seinen Porsche und waren keine fünf Minuten später am Bruchwald. »Wir sind da, beeil dich. Da ich vermute, dass du den Ring auch bei mir einsetzt, werde ich wohl gleich auf Zeitreise gehen, richtig?«

»Erst wenn wir wieder zuhause sind«, sagte ich.

»Kann ich mich anschließend daran erinnern?«

»Leider nein«, erwiderte ich, »aber vielen Dank fürs Herfahren.«

Dann holte ich die nächsten drei Bände, wir fuhren zurück und als wir zuhause waren, drehte ich ein ordentliches Stück am Ring.

Jetzt saß ich wieder auf meinem Fensterbrett und Johnny

draußen auf der Wohnzimmercouch. Ich öffnete meine Zimmertür und warf einen verstohlenen Blick auf ihn. Er war nett gewesen, hatte mich gefahren und meine Geschichte mit keinem Wort angezweifelt. Für einen Erwachsenen, noch dazu einen Anwalt, war das außergewöhnlich. Ich begann, darüber nachzudenken, ob ich ihm nicht doch Unrecht getan hatte in den letzten Wochen, und nahm mir vor, diese Möglichkeit im Auge zu behalten. Dann schloss ich die Tür und öffnete meine Tasche, doch sie war leer, die Tagebücher hatten sich in Luft aufgelöst!

Dummheit tut weh, hatte Grandma gern gesagt und ich stöhnte. Mit dem Ring hatte ich die letzte halbe Stunde rückgängig gemacht und die Bücher zurück ins Haus am Bruchwald katapultiert. Ich knirschte mit den Zähnen, schalt mich einen Esel und eine blöde Kuh, doch es half alles nichts, die Tagebücher waren weg. Aus und vorbei mit der Lesenacht und Zeit, ins Bett zu gehen. Doch ich konnte lange nicht einschlafen. Großmutters Tagebucheinträge spukten durch meinen Kopf wie geheime Geister der Vergangenheit und dann war da noch Johnny. Der sonst so ätzende Typ, der seltsamerweise ganz anders war, als ich geglaubt hatte.

Mein Handy klingelte schon um acht Uhr morgens und riss mich unsanft aus dem Schlaf: Atlanta war bei ihrer nächtlichen Lektüre tatsächlich auf etwas gestoßen. »Deine Großmutter vermutete, dass der Ring einer Sirina gehörte, bevor sie ihn fand.«

Sirina. Noch nie gehört.

Klang nach einem Schuppenshampoo oder einer Badeseife.

Ich wäre behämmert, sagte Atlanta, weil der Name ganz offensichtlich auf die Sirenen zurückging, jene Fabelwesen, die zu Odysseus Zeiten Seemänner mit ihrem Gesang anlockten. Ich verstand nicht so ganz, was das mit Grandma zu tun hatte.

»Nichts«, stöhnte Atlanta und dann beschlossen wir, uns so schnell wie möglich mit den Jungs zu treffen. Und um die Uhrzeit gab es dafür keinen besseren Ort als die Chocolaterie.

»Als Erstes sollten wir checken, wer diese Sirina war«, sagte Justin, als wir an einem Tisch in einem ruhigen Eck saßen und Eiskakao tranken.

»Vermutlich eine Henderson«, erwiderte Marko. »Atlanta und ich gehen zum Bürgermeister, vielleicht kann er uns helfen. Und Bella bleibt bei Justin, falls diese Woche doch noch etwas passiert. Die Frau ist vermutlich längst nicht mehr am Leben, ihr könnt also auch zum Friedhof gehen und dort nach Hinweisen suchen.«

Das war eine gute Idee und wir machten uns auf den Weg. Justin und ich fuhren mit dem Fahrrad zum Hillmoor Hügel und ich freute mich darauf, mal wieder ein wenig Zeit mit ihm zu verbringen. Zuerst gingen wir ans Grab von Grandma. Das verlangte der Anstand und alles andere hätte sie mir verübelt. Dann schlenderten wir durch die Reihen und entzifferten die Inschriften auf den Grabsteinen. Sie hatten im Lauf der Jahre Moos angesetzt, die Buchstaben waren oft nur schlecht oder gar nicht zu lesen.

»Ich mag Friedhöfe nicht«, sagte Justin, er kratzte an einem Stein herum und legte einen Namen frei. »Ich verstehe nicht, warum man den Toten keine Häuser baut, so wie im Leben auch. Stattdessen müssen alle da runter …« Er deutete auf einen Hügel frisch aufgeworfener Erde und schüttelte sich.

»Mmh«, sagte ich, weil ich nicht darüber nachdenken wollte.

»Glaubst du an ein Leben danach?«

»Nein«, sagte ich, aber das war nicht die ganze Wahrheit. Ich hatte mir nie besonders viele Gedanken darüber gemacht, bis Großmutter gestorben war. Ihr Tod hatte mich tief getroffen. Doch mittlerweile glaubte ich, dass er nicht viel verändert hatte: Grandma war vorher da gewesen und jetzt war sie es auch. Dass sie ein aufregendes Leben im Jenseits führte, konnte ich mir nicht vorstellen. Für mich lebte sie hier auf dem Friedhof. Sie war überstürzt umgezogen, unsere Kommunikation hatte sich verändert, und natürlich vermisste ich ihre körperliche Anwesenheit, aber das war auch schon alles. »Grandma ist immer noch hier«, sagte ich deshalb nur. Dass sie mit mir sprach, verschwieg ich lieber.

»Ich denke, ich hab was«, sagte er plötzlich. Er rubbelte Moos von einem Stein, ich trat neben ihn und wenige Minuten später hatten wir Gewissheit: *Sirina Henderson 1910–1972. Nihil verum, sed omnia licita,* lautete die Inschrift.

»Die Wahrheit ist falsch«, sagte Justin, aber das stimmte so nicht.

»Nichts ist wahr, doch alles ist erlaubt«, korrigierte ich.

Ein seltsamer Spruch. Wir schwiegen und dachten darüber nach.

Denn eigentlich konnte es nur eins bedeuten.

»Sie war im Besitz des Rings«, sagte Justin.

»Es sieht ganz danach aus«, erwiderte ich. Allerdings hatte Sirina ihn offenbar völlig anders genutzt als meine Großmutter.

Im Büro des Bürgermeisters waren unsere Freunde zu einer ähnlichen Erkenntnis gelangt. »Sirina war die Mutter des alten Henderson«, erzählte Atlanta, als wir uns am Nachmittag im Haus am Bruchwald trafen. »In den fünfziger Jahren machte die Familie ein kleines Vermögen. Keine Ahnung womit, aber der Bürgermeister erinnert sich, dass Sirinas Familie extrem reich war. Sunderby ging es in dieser Zeit überhaupt nicht gut, deshalb sind die Hendersons bis heute nicht allzu beliebt.«

»Vermutlich besaß Sirina den Ring und benutzte ihn ausschließlich für sich und ihre Familie«, fügte Marko hinzu.

»Nichts ist wahr, alles ist erlaubt«, wisperte ich. Vorsichtig strich ich über den Ring und wagte mir gar nicht vorzustellen, an welchen Fingern er schon gesteckt hatte oder wofür er eingesetzt worden war. In einer Mischung aus Überheblichkeit und Gier hatte Sirina ihn ausschließlich für ihre Zwecke verwendet. *Hybris* nannte man das. Mein Deutschlehrer behauptete, griechische Dramen nahmen oft ein schlimmes Ende wegen dieser Hybris. Griechische Dramen endeten jedoch alle schlimm, von daher durfte man das nicht überbewerten.

»Warum sie den Ring wohl in die Hütte gelegt hat?«

»Vielleicht hat sie ihn dort vergessen, verloren und dann brannte die Hütte ab und sie dachte, er sei vernichtet«, sagte Atlanta.

»Niemals«, erwiderte ich. »Wenn sie ihn abgelegt hat, dann nur, um nie wieder mit ihm in Berührung zu kommen.«

»Du glaubst, sie hatte ein ähnliches Problem wie wir?« Justin schüttelte ungläubig den Kopf.

Doch in diesem Punkt war ich mir sicher. »Sirina war reich. Dem Ort ging es schlecht, aber das war ihr egal, für sie lief es ausgesprochen gut. Warum sollte sie den Ring abstreifen? Ihn in einer Hütte im Wald zurücklassen und darauf warten, dass ein paar Jugendliche vorbeikommen? Oder das morsche Holz Feuer fängt? Ich habe den Ring bis jetzt nicht eine Sekunde lang abgelegt, Großmutter ebenfalls nie und Sirina wird es auch nicht getan haben. Außer sie wollte ihn nicht mehr. Und dafür kann es nur einen Grund geben ...«

»Er brachte plötzlich Unglück«, schloss Marko.

»Die Frage ist nach wie vor: warum?«, sagte Atlanta, zog vier Bände der Tagebücher aus dem Regal und warf jedem von uns einen in den Schoß.

Wir stöhnten, aber diesmal ging es ratzfatz. Wir brauchten nur noch fünfzehn Minuten pro Buch und nach etwas mehr als zwei Stunden waren wir fertig. Die letzten Bände fehlten noch, aber die konnte ich mit nach Hause nehmen und heute Abend lesen.

»Bei mir nichts Neues«, sagte Atlanta. Marko schüttelte ebenfalls den Kopf und auch ich hatte nichts Wesentliches zu berichten. Justin war jedoch auf etwas gestoßen, allerdings wollte er uns das draußen in der Sonne erzählen, in einem Boot auf dem See.

Ich packte die letzten zwei Tagebücher in meine Tasche, dann schlossen wir Grandmas Haus ab und fuhren heim. Justin radelte in unserer Mitte und blieb nicht eine Sekunde lang unbegleitet, bis wir am See und auf dem Boot waren. Die Jungs gingen an die Ruder und legten sich in die Riemen, Bugwellen schäumten ums Boot und ließen die Gischt spritzen. Atlanta und ich saßen hinten. Einen Moment lang fühlte ich mich an unsere letzte Bootsfahrt erinnert, es schien Jahre her zu sein. »Was hast du eigentlich mit deiner doofen Cousine gemacht?«, wisperte ich Atlanta ins Ohr.

»Die hilft an der Strandbar, weißt schon, coole Jungs kennenlernen und so ...« Atlanta zwinkerte mir zu und ich grinste.

Wir setzten unsere Sonnenbrillen auf, schlossen die Augen und lehnten uns zurück. Ich war hundemüde und wieder überkam mich die Angst, dass das Drehen am Ring nicht nur meine Kraft, sondern auch meine Lebenszeit raubte. Aber dann dachte ich daran, dass Grandma wirklich sehr alt geworden war, das beruhigte mich und irgendwann schlief ich tatsächlich ein. Als ich die Augen öffnete, war unser Boot weit draußen und meine Freunde schwammen bereits im Wasser.

»Bleib bloß drin«, rief Marko, aber der Hinweis war unnötig, denn die eiserne Regel hieß: Egal wie klein oder groß ein Boot ist, einer bleibt immer an Bord. Endlich löste Atlanta mich ab, und als wir schließlich alle wieder beisammen waren, setzten wir uns gegenüber.

»Bellas Großmutter hat sich lange überlegt, wie die Kraft des Rings wohl auf sie übergegangen war«, berichtete Justin. »Sie kam zu dem Schluss, dass er so lange seinem Besitzer gehorchte, bis der ihn verlieh, verschenkte oder verkaufte. Wer ihn weggab, verlor die Kraft des Rings, denn sobald der Nächste an ihm drehte, war es vorbei. Und zwar für immer.«

»Für immer?«, fragte Atlanta. »Auch wenn man den Ring vielleicht später einmal zurückbekam?«

»Offenbar«, erwiderte Justin.

»Warte mal«, sagte ich, »ich würde gern wissen ...«

Aber weiter kam ich nicht, die Worte blieben mir im Hals stecken. Keine fünfzig Meter von uns entfernt pflügte der Bug des Dampfers durchs Wasser und steuerte direkt auf uns zu.

»Oh nein!«, brüllte ich und die Jungs rissen den Kopf herum.

Justin schnappte nach seinem Ruder. Aber es glitt ihm aus der Hand, rutschte durch die Halterung und klatschte in den See.

Marko sprang auf, riss das zweite Ruder aus der Halterung und stakste nach vorne in den Bug. Doch allein hatte er keine Chance.

»Keiner springt ins Wasser«, brüllte er und natürlich wussten wir, warum: Das Schiff musste ausweichen und konnte es nur, wenn wir nicht einzeln im See herumpaddelten.

Bevor ich noch zum Ring greifen konnte, hupte der Dampfer und wir atmeten auf. Der Kapitän hatte uns gesehen und würde den Kurs ändern. Es war Paule, ein Mann vom alten Schlag. Wütend drehte er am Steuerrad und seine Seemannsflüche jagten uns vor Scham die Röte in die Wangen. Der Dampfer zog an uns vorbei, unser Boot schaukelte minutenlang in der Bugwelle, aber sonst war alles okay.

»Und damit keiner von euch auf doofe Gedanken kommt«, sagte Justin, »das mit dem Ruder kann jedem passieren. Ist das klar?«

Wir nickten. Klar war das klar. Und es stimmte ja auch.

Insgeheim jedoch fanden wir es bedenklich, dass andauernd irgendein Fahrzeug auf Justin zusteuerte. Keiner von uns sprach es aus, aber der Gedanke war uns allen anzusehen.

24. Kapitel

An diesem Abend hatte Mam für mich und Johnny gekocht. Gestern noch hätte ich mich mit Händen und Füßen dagegen gewehrt, doch nun fand ich es spannend. Es gab das *Schlafende Seeungeheuer* und Johnny war schon vom Geruch ganz hin und weg.

»Können Sie etwa nicht kochen?«, fragte ich und freute mich über die geheime Botschaft in der Frage, dass *wir* es nämlich konnten. Grandma hätte mir zu dieser bösen Spitzfindigkeit begeistert gratuliert.

»Leider nicht«, erwiderte Johnny. »Und duz mich doch bitte, wenn es dir nichts ausmacht. Ich fühle mich sonst so schrecklich alt.«

Mam musste herzlich lachen und sah auch ansonsten ganz glücklich aus, fast so wie mit Tom. Sie knuffte Johnny in die Seite, zog einen Schmollmund und war echt komisch drauf. Ich war froh, als das Essen auf dem Tisch stand und wir uns endlich normal unterhalten konnten. »Und, wie war der Film?«, fragte ich.

»Daniel Craig ist ein Traum«, erwiderte Johnny. »Viel vielschichtiger als die früheren Bonds, ich liebe ihn.«

Aha. Und ich dachte, er liebte Mam. Immerhin spielte er sich nicht auf, und ich erinnerte mich daran, dass ich ihm eine Chance geben wollte.

»Haben Sie ... hast du meine Großmutter noch kennengelernt?«

»Ich hatte das Vergnügen«, erwiderte Johnny.

Und dann stockte das Gespräch, ich eierte herum und wusste nicht, welches Thema ich anschneiden sollte. »Grandma hat mir einen Ring vererbt, der mich in der Zeit reisen lässt«, sagte ich aus einer plötzlichen Laune heraus. »Aber nun läuft irgendetwas aus dem Ruder und funktioniert nicht mehr so, wie es sollte.«

Mam zwinkerte mir zu, sie hielt es für eine meiner Geschichten, aber Johnny blieb ganz ernst. »Sagenhaft, so etwas habe ich mir auch immer gewünscht. Ich bekam nur Wertpapiere und Geld vererbt, das ist etwas anderes. Wie weit kannst du denn in der Zeit reisen?«

Und wieder schien sein Interesse echt.

»Eine Stunde rückwärts. Grandma hat damit die Geschicke des Dorfes manipuliert und ich versuche es nun auch.« Und dann erzählte ich von der Gemeindeversammlung und diversen anderen Begebenheiten. Johnny war ganz Ohr, aber das Gesicht meiner Mutter veränderte sich.

»Bella, was redest du da? Das mit Großmutter war ein schwerer Schlag für dich, aber das sollte nicht zu solchen Geschichten ...«

»Es gibt die seltsamsten Dinge zwischen Himmel und Erde«, warf Johnny ein. »Ich selbst hatte einen Großvater, mit dem ich Jahre nach seinem Tod noch kommunizierte. Über ein selbst gebautes Rohr aus Pappe, das ich an seine Urne legte. Es mag verrückt klingen, aber ich konnte ihn hören.«

»Das ist ja beruhigend«, sagte Mam. Es war ihr anzusehen, dass sie nicht so recht wusste, ob sie diese Unterhaltung billigen sollte. Doch dann ließ sie uns gewähren, vermutlich siegte ihr Wunsch, dass Johnny und ich miteinander sprachen. Worüber auch immer.

»Und welches Problem gibt es nun?«, fragte Johnny.

Ein weiterer Pluspunkt für ihn, er hatte es nicht vergessen. Das lag wahrscheinlich an seinem Beruf und den tausend Geschichten, die er sich täglich anhören musste.

»Mein bester Freund gerät andauernd in Gefahr, und der Ring kann es nicht verhindern.« Und dann erzählte ich ihm alles und war froh, als Mam ein Telefonat erhielt und die Küche verließ.

»Ich fasse zusammen«, sagte Johnny schließlich. »Deine Großmutter hat dir den Ring vermacht. Sie hat dich die Rede halten lassen. Sie hat dir alles mitgeteilt, was sie wusste. Wenn mit dem Ring etwas nicht stimmte, hat sie dir das übermittelt, auch wenn es vielleicht erst in allerletzter Minute war. Alles andere wäre verantwortungslos gewesen und so habe ich sie nicht erlebt. Denk noch mal darüber nach und such nach Hinweisen, ich bin sicher, es gibt sie.«

Ich starrte ihn an. Verflucht, der Mann hatte recht.

Was waren wir doch für Esel, was für verblödete Idioten! Justins Vorschlag, die Tagebücher von hinten zu lesen, war absolut korrekt und logisch gewesen. Großmutter hatte erst zum Schluss verstanden, was eigentlich los war, und deshalb den Brief geschrieben. Mit ein bisschen Glück hatte sie ihre Sorge darüber in einem der Tagebücher notiert und das konnte nur im vorletzten oder letzten Band passiert sein. Und beide lagen hier bei mir.

Nebenan in meinem Zimmer.

»Ich muss die Tagebücher lesen«, stammelte ich. »Aber ich muss auch am Ring drehen, damit ihr alles vergesst. Und dann muss ich hier sitzen und noch mal mit euch essen und noch mal mit euch reden, damit Mam nicht denkt, ich würde Sie, äh dich nicht mögen.«

»Nur keine Hektik«, sagte Johnny. Er blieb ganz ruhig und ich begann langsam, eine Vorliebe für Anwälte zu entwickeln. »Dir wird sicher etwas einfallen.« Er zwinkerte mir zu und deutete auf den Ring.

Ich nickte, drehte ihn einmal um sich selbst, ein Sturm fegte durch unsere Küche. Und dann standen wir wieder zu dritt am Herd.

»Können Sie etwa nicht kochen?«, fragte ich gerade.

»Leider nicht«, erwiderte Johnny. »Und duz mich doch bitte, wenn es dir nichts ausmacht. Ich fühle mich sonst so schrecklich alt.«

Mam lachte, stieß ihn in die Seite, zog einen Schmollmund, dann servierte sie das Essen, wir sprachen über den Kinofilm, die Rolle von Daniel Craig und noch ein paar andere Dinge. Schließlich stand ich auf und kritzelte folgende Worte auf einen Zettel: *Es war sehr schön, aber ich habe leider noch etwas Dringendes zu erledigen.* Diese Notiz steckte ich Johnny zu. Erstaunt sah er mich an. »Ich hatte mich auf den Abend mit dir gefreut, habe aber vollstes Verständnis.«

Er zwinkerte mir zu und hätte ich es nicht besser gewusst, hätte ich denken können, er wäre mitgereist und seine Erinnerung völlig intakt.

Mam verstand nicht ganz, was los war, und schien ziemlich zerknirscht, doch ich konnte sie beruhigen. »Ich mag ihn«, flüsterte ich ihr ins Ohr. Sie sah mich erstaunt an, aber es stimmte, ich mochte Johnny Winter. Hätte ich noch die Liste von damals besessen, hätte ich ihn jetzt auf Nummer eins gesetzt. Pole Position, wer hätte das gedacht.

Dann stürzte ich in mein Zimmer, warf mich aufs Bett und schlug die Tagebücher auf. Gleich hinten beginnen? Nein, nun waren es nur noch zwei Bücher und irgendwo dort ... also begann ich beim vorletzten Band und diesmal las ich alles ganz haarklein und genau, irgendwo hier steckte das Geheimnis, so viel war endlich klar.

Im vorletzten Band fand ich nichts und auch im letzten war lange Zeit keine Rede von dem Ring. Doch dann kam der Tag der Abstimmung im Gemeindesaal. Jener Tag, an dem Kenneth Grandma nach Hause gefahren hatte, ich sah auf das Datum und seufzte. Es war gerade mal etwas über vier Wochen her.

Heute war die Abstimmung wegen der Investoren am Seeufer. Ein schwarzer Tag, schrecklich, schrecklich!

Die Schrift war verwischt und es zerriss mir die Seele bei der Vorstellung, dass Grandma geweint hatte.

Der Ring hat keine Kraft, er funktioniert nicht mehr! Und das kann nur bedeuten, dass es auch mit meiner Kraft zu Ende geht und ich nicht mehr lange zu leben habe, eine andere Erklärung gibt es nicht …

Nun vergoss auch ich ein paar Tränen. Auf eine perfide Art und Weise hatte der Ring meiner Großmutter gesagt, dass sie sterben würde. Aber sie hatte nicht vorgesorgt, mich nie eingeweiht und stand plötzlich vor dem Nichts. Deshalb der Brief, die dringende Bitte zu kommen, sie wusste, was auf sie zukam. Das war der Hilferuf: *Ich und Sunderby brauchen deine Hilfe!*

Mit dieser Erkenntnis schwand aber auch meine Hoffnung, noch etwas über die rätselhaften Aussetzer des Rings zu erfahren. Über Justins Unfälle und die Möglichkeit, ihm zu helfen.

Doch ich täuschte mich, auf der allerletzten Seite fand ich schließlich doch noch etwas. Grandma schien lange über den Ring nachgedacht zu haben und wollte mich warnen, ganz wie Johnny vorhergesagt hatte:

Da hatte ich nun all die Jahre den Ring, konnte ganz Sunderby helfen, doch in entscheidenden Momenten versagte er. Jennifer war gerade geboren, als mein Mann beschloss, uns zu verlassen. Fast stündlich habe ich am Ring gedreht, aber es half nicht. Und als sich Jennifer auf dem Seefest verliebte und schwanger wurde, konnte ich meine eigene Tochter nicht beschützen. Jahrelang glaubte ich, dass die Magie des Rings bei Männern oder in Beziehungen versagte. Aber ich konnte die Ehe der Maulmanns retten, den Mann von Jeanette zurückholen und mehrere Hochzeiten einfädeln. Das also war es nicht. Und so bleibt nur eine Möglichkeit: Der Ring funktioniert bei jedem. Außer bei jenen, in die der Ringträger oder jemand aus seiner Familie verliebt ist!

Ich starrte auf den letzten Absatz und wollte es nicht glauben.

Das konnte nicht sein. *Nein, nein, nein.*

Doch, sagte eine Stimme tief in mir. *Du hast es ja erlebt, der Ring funktioniert bei Justin nicht mehr, seit ihr euch geküsst habt! Und du bist doch in ihn verknallt, oder?*

Beruhige dich, es ist nur die vage Vermutung einer alten Frau, sagte eine zweite Stimme. Es war die der Hoffnung, aber sie klang schwach und erkältet und ich hörte sie kaum.

Kopfschüttelnd saß ich auf dem Fensterbrett, starrte hinaus in die Nacht und verwünschte Großmutters Tagebücher, ihr Nachdenken über das Leben, den Ring und unsere Familie. Langsam dämmerte mir, dass meine Entdeckung schlimmer war, als wenn ich nichts gefunden hätte. Denn nun hatte ich ein Problem: Ich konnte keinem davon erzählen! Und Justin schon gar nicht.

Wie hätte ich das denn anstellen sollen? *Justin, der Ring wirkt nicht bei Leuten, die wir lieben, und falls ich es noch nicht erwähnt habe: Ich habe mich in dich verknallt.*

Er erinnerte sich nicht einmal mehr an unseren Abend am Steg. Auch das vereinfachte die Sache nicht gerade, und bei Licht betrachtet war ich im Eimer. Eventuell konnte ich versuchen, meine Gefühle irgendwie … abzustellen. Aber ich war viel zu unerfahren in solchen Dingen, als dass ich gewusst hätte, wie man das machte und ob es funktionierte.

25. Kapitel

Erstaunlicherweise schlief ich dennoch lange und ausgiebig. Als ich wach wurde, hatte sich der Nebel bereits verzogen, erste Sonnenstrahlen blitzten durch die Spalten der Rollläden und es klingelte Sturm. Vor der Tür stand Justin, unter seinem Arm klemmten eine Tüte Chips und eine Flasche Cola und er lächelte so verschmitzt wie damals, als wir uns zum ersten Mal sahen. »Lust auf Frühstück?«, fragte er, drängte sich an mir vorbei in die Küche und ließ sich auf einen Hocker fallen. »Hast du noch was rausgefunden?«

»Mhm«, sagte ich und warf einen vorsichtigen Blick in die Scheibe der Küchenvitrine. Himmel, ich sah fürchterlich aus. »Grandma konnte den Ring am Ende nicht mehr benutzen, seine Kräfte haben versagt. Und da wusste sie, dass sie sterben ...«

Ich schluckte, konnte nicht weitersprechen und sank auf den Stuhl neben Justin. Er zog mich in eine Umarmung und hielt mich so fest wie einen Vogel, der aus dem Nest gefallen ist. Entweder hatte er Angst, ich würde davonfliegen, oder er wollte mich wärmen. Es fühlte sich eigenartig an, fast so wie damals auf dem Steg.

»Offenbar besitzt der Ring nur genug Kraft, wenn der Besitzer selbst noch bei Kräften ist«, murmelte ich, dann straffte ich die Schultern und sah ihm direkt in die Augen. »Das war alles, mehr war da nicht.«

Peng. Der Startschuss für den Wettlauf der Lügen. Die erste Lüge war meist nur der Anfang einer Kette neuer Ausflüchte und Unwahrheiten, das hatte ich im Internat gelernt.

»Verflixt«, erwiderte Justin. »Aber natürlich ist das immer noch besser als mieses Schicksal, schlechtes Karma oder anderer Kram.«

In meinem Kopf herrschte gähnende Leere, so ein Mittelding aus Lasst-mich-doch-alle-in-Ruhe und Selbstmitleid. Es gab nur eins, was jetzt wirklich wichtig war: Justin durfte nichts passieren!

Ich konnte nicht ewig in seiner Nähe sein, und wie ich seit gestern wusste, würde gerade das auf Dauer auch nicht helfen. Die Woche Galgenfrist war fast um und der nächste Unfall konnte sich bald ereignen. Es gab nur eine Lösung: Ich musste ihn vergessen, aus meinen Träumen streichen und als guten Freund sehen. Einen Schnitt machen, schmerzhaft, aber wirkungsvoll, und niemand konnte mir dabei besser helfen als ...

»Kirsten arbeitet doch an der Strandbar«, sagte ich, vielleicht war es das Beste so. »Was meinst du, wollen wir uns das mal ansehen?« Justin guckte zwar etwas überrascht, hatte aber nichts einzuwenden, und während er nach seinem Handy griff und unseren Freunden Bescheid sagte, verkrümelte ich mich ins Bad. Dieser Tag bedeutete den Untergang meiner ersten Liebe und den wollte ich in Würde hinter mich bringen, frisch geduscht und mit hoch erhobenem Kopf. Ich schlüpfte in mein schönstes Kleid, wählte ein Paar superschicke Sandalen und wenig später liefen wir ins Erdgeschoss und traten auf die Straße. Nirgendwo war ein Laster zu sehen, es herrschte himmlischer Frieden, und für einen kurzen Moment war ich versucht, alles rückgängig zu machen. Umzukehren und den Tag allein mit Justin zu verbringen. In einer einsamen Bucht oder wo auch immer.

Aber die Vernunft siegte.

Und an der Strandbar war schon jede Menge los. Die Touristen tranken Kaffee, lasen Zeitung, blickten über den See und beobachteten die Surfer. Hinter der Bar stand Kirsten, sah umwerfend aus und machte ihre Sache gut. *Das war ja klar.*

»Cool, dass ihr mich besucht«, zwitscherte sie. Sie schenkte uns einen Eistee ein und zwinkerte Justin zu. »Du warst so schnell verschwunden auf der Party, dass ich mich gar nicht richtig verabschieden konnte. Aber vielleicht hast du ja heute ein bisschen Zeit?« Justin zögerte.

»Das hat er«, sagte ich und schnappte mir mein Glas. »Wenn ihr mich kurz entschuldigt, da hinten ist Joe, ich muss mit ihm sprechen.«

Und schon war ich weg.

Ich bummelte über den Kiesstrand, kletterte die Böschung hoch und lief weiter zum Hafen. Um diese Uhrzeit kamen die Fischer vom See zurück und vielleicht konnte ich ja tatsächlich ein wenig mit Joe reden. Er stand neben seiner Jolle, flickte die Netze und freute sich, mich zu sehen. »Gut, dass du kommst«, sagte er. »Ich soll dir nämlich etwas von deiner Großmutter ausrichten und irgendwie kam ich noch nicht dazu. Immer, wenn ich dich gesehen habe, warst du in Begleitung.«

Mit großen Augen starrte ich ihn an.

»Sie bat mich zu überprüfen, ob du ihren Ring trägst.« Er warf einen Blick auf meine Hände. »Aber ich sehe, das tust du. Außerdem bat sie mich, dir zu raten, an ihm zu drehen.«

Gute alte Granny, in letzter Minute hatte sie doch noch vorgesorgt.

»Ich habe alles so gemacht, wie Grandma es wollte.«

»Dann ist es ja gut«, erwiderte Joe. »Deine Großmutter wirkte oft streng, aber im Grunde ihres Herzens war sie eine von uns.« Er deutete irgendwohin und es war nicht klar, ob er die Fischer meinte. Die jungen Sozialisten, die sich am Hafenbecken um Franzen scharten. Oder einfach ganz allgemein die Bewohner von Sunderby.

»Sie fehlt mir«, sagte er und starrte zu Boden.

Noch vor wenigen Tagen hätte ich ihm geraten, zum Friedhof zu gehen und mit ihr zu reden, hätte ihn überzeugt, dass sie lediglich umgezogen war und sich über seinen Besuch freute. Doch seit ich ihr Tagebuch gelesen hatte, war ich realistischer. Großmutters Umzug war keiner gewesen, ihr hohes Alter hatte die Angst vor dem Tod nicht gemindert, und es war ein riesiges Glück für mich, dass ich überhaupt noch mit ihr sprechen konnte. Manchmal, in guten Momenten. Wenn der Wind mitspielte, die Erlen sich wiegten und ich mich ganz auf Grandma konzentrierte. Ob auch Joe dieses Glück finden würde, war nicht gesagt. Außerdem glaubte er an das ewige Leben *vor* dem Tod, also hielt ich meinen Mund, bedankte mich und bummelte zurück zur Strandbar.

Justin stand immer noch bei Kirsten. Marko hatte sich zu ihnen gesellt und Atlanta kam mir ein paar Schritte entgegen. »Was ist denn mir dir los?«, flüsterte sie. »Du wolltest freiwillig zur Strandbar und zu Kirsten?«

Ich zuckte mit den Schultern, wir organisierten uns ein paar Stühle und dann erzählte ich von den schwindenden Kräften des Rings und dem nahenden Ende meiner Großmutter.

»Uh, das ist gruselig«, sagte Atlanta. »Stell dir vor, du weißt, dass es mit dir zu Ende geht.« Sie blickte mich an und seufzte. »Das wird dir später sicher auch mal so ergehen.«

»Mehr hat sie nicht geschrieben?«, fragte Marko.

»Nein.« Die zweite Lüge innerhalb einer Stunde, das konnte ja heiter werden. Justin hatte sich gerade zu uns gesetzt, als wir plötzlich Schreie hörten. Im gleichen Moment gab es einen Knall und ein Gemüsetransporter krachte gegen die Mauer der Strandpromenade.

Keine große Sache, der Kühler war verknautscht und die Mauer heil geblieben. Aber die Schnauze des Transporters zeigte eindeutig in Justins Richtung und jetzt hatte ich die Nase voll.

»Es funktioniert alles nicht«, schrie ich. »Egal, was wir machen oder versuchen, es hat keinen Sinn. Weißt du was?«

Ich zog den Ring vom Finger und warf ihn Justin vor die Füße. »Nimm ihn. Steck ihn an und du bist sicher. Ich kann nicht immer in deiner Nähe sein und Kirsten nutzt auch nichts ...«

»Kirsten?« Atlanta war die Erste, die ihre Fassung wiedergewann. Und Marko warf einen Blick zur Promenade hinauf. »Hey Leute, der Laster! Sollte Bella nicht besser am Ring drehen?«

»Bella dreht nie wieder am Ring«, rief ich. »Ab heute gehört er Justin. Dann kann er sehen, wie es ist, jemanden zu küssen, der hinterher nichts mehr weiß. Soll *er* doch das Gedächtnis der anderen löschen, Sunderby helfen, Unfälle verhindern, mir reicht's!«

Justin stand auf und kam um den Tisch herum. »Beruhige dich«, sagte er und kniete sich neben meinen Stuhl. Er sah mich an, dann hob er den Ring auf und steckte ihn an seine Hand. »Besser so?«

»Besser.« Ich griff nach Atlantas Cola und leerte sie in einem Zug.

»Was sollte das mit dem Küssen und Löschen ...?«, fragte Marko.

»Unwichtig«, sagte Atlanta. »Da Justin jetzt den Ring hat, brauchen wir uns zumindest um *ihn* keine Sorgen mehr zu machen.«

Und es war klar, was sie damit meinte: nun war *ich* das Problem.

Doch Marko ließ sich nicht so schnell beruhigen. Er hatte sich offenbar eine ganz eigene Theorie zurechtgelegt. »Ich denke, dass Justin diese Sache mit den Unfällen aus eigener Kraft lösen muss, sonst werden sie ihn immer verfolgen. Es gibt Herausforderungen und Aufgaben im Leben, denen wir uns zu stellen haben, sonst wird das nichts.«

»Marko, du hast mal wieder nichts verstanden, oder?« Nun wurde auch Atlanta ein wenig lauter, wir waren einfach alle überreizt. »Justin hat jetzt den Ring! Und ich glaube, das ist eine gute Idee.«

»Es ist mir egal, was du glaubst«, rief Marko. »Und Ring hin oder her, ich spreche aus Erfahrung!« Er wurde richtig sauer, weil Atlanta ihn so herablassend behandelt hatte, und so versank unser Treffen unter einer Welle aus Streit und hässlichen Worten. Erst als Kirsten herbeieilte und um Ruhe bat, kamen wir zur Besinnung. Missmutig verließen wir die Strandbar und kletterten die Promenade hinauf, der Laster hing immer noch an der Mauer. Helfer und Neugierige hatten sich um ihn geschart, doch wir gingen einfach weiter. Atlanta und Marko vorneweg, Justin und ich hinterher.

»Haben wir uns etwa geküsst?«, fragte Justin plötzlich.

»Yep. In der Nacht am Steg.«

»Und warum weiß ich nichts mehr davon?«

»Weil ich aus Versehen am Ring gedreht habe.«

Justin schwieg und als ich ihm einen verstohlenen Blick zuwarf, schien es, als würde er lächeln. Natürlich täuschte ich mich, es war einfach ein übler Tag mit jeder Menge Zoff, verheerenden Offenbarungen und kein guter Zeitpunkt für persönliche Geheimnisse, ganz gleich welcher Art. Wortlos erreichten wir den Marktplatz.

Atlanta und Marko überquerten die Straße, Justin aber blieb stehen. »Du kannst ruhig weitergehen«, sagte er. »Ich habe ja jetzt den Ring!« Na, bravo. Das also war der Dank für mein Geschenk, der Dank für den Verrat an Großmutter und meinem Erbe: Justin brauchte mich nicht mehr! Ich senkte wütend den Kopf, überquerte die Straße und sah mich nicht einmal mehr um.

Das Brummen kam plötzlich und war lauter als ein Wespenschwarm. Es waren Tausende von Hornissen in der Tonqualität eines Kinos, Dolby Surround oder wie das hieß. Ich riss den Kopf herum und sah den Tanklaster.

»Nein!«, brüllte ich.

Justin stand auf der Straße, der Tanker raste auf ihn zu, dann machte er einen Schwenk und wir konnten nicht mehr sehen, was passierte. Ich hörte Justin schreien und für einen kurzen Moment hatte ich das Gefühl, es gäbe einen Cut, wie in einem schlecht geschnittenen Film.

Der Lastzug rauschte vorbei, donnerte die Seestraße hinunter, dann verlangsamte er sein Tempo und bog in Richtung Hafen ab.

Justin stand auf der Straße und schüttelte sich. »Wow«, rief er und wirkte richtig befreit. »Ich habe so ein Gefühl, als würde es nicht noch einmal passieren.« Langsam kam er zu uns herüber.

Atlanta stützte sich an der Hauswand ab und stöhnte. »Was für ein Glück, dass du den Ring hattest.«

»Aber in Zukunft musst du richtig dran drehen, nicht nur so ruckeln«, keuchte ich, mir war immer noch ganz schwindlig vor Aufregung.

»Mir fehlt noch die Übung«, erwiderte Justin, »aber es hat funktioniert! Ganz herzlichen Dank, Candy, ich weiß, was dieses Geschenk für dich bedeutet hat.«

Und dann gab er mir einen Kuss auf die Wange. Vor allen anderen, und das war schon cool. Für einen kurzen Moment dachte ich an Großmutter und daran, dass ich sie nun viele Tage nicht besuchen konnte. Ich fürchtete ihren Zorn, denn nun gehörte uns der Ring nicht mehr. Ich hatte ihn nach nur einem Monat verschenkt, und sie drehte sich wahrscheinlich gerade im Grab herum. Aber Justin war gerettet. Und ich hätte heulen können vor Glück.

26. Kapitel

Justin war jetzt sicher. Der Ring gehörte ihm, und wenige Tage später fuhren auch keine Tanklaster mehr durch den Ort.

Ich hingegen schlug mich mit meinem schlechten Gewissen gegenüber Großmutter rum und ging mehrere Tage lang nicht zum Friedhof. Aber dann schwang ich mich eines Morgens aufs Fahrrad und brachte es hinter mich.

Es war ein windiger Tag und die Erlen rauschten schon, als ich ankam. Sie tuschelten im Sturm wie alte Klatschweiber und es schien, als würden sich alle, die hier lagen, angeregt unterhalten.

Ich setzte mich auf den Stein und erzählte Grandma, dass der Ring jetzt nicht mehr uns gehörte, sondern der Familie Parker. Den Nachbarn, die ein paar Jahre in den USA verbracht hatten.

»Ich weiß, dass dein ganzes Leben unter dem Einfluss dieses Rings stand und wie viel du für Sunderby getan hast. Aber seit ich die Tagebücher gelesen habe ... eigentlich bin ich ganz froh, dass ich ihn nicht mehr habe.« Nichts, keine Antwort.

Großmutter sprach nicht mehr mit mir.

»Justin wird ihm sicher gerecht«, sagte ich schließlich, und als immer noch nichts kam, zuckte ich mit den Schultern und schlich mich davon. Ich hatte ein schlechtes Gewissen und gleichzeitig war ich ein bisschen wütend auf Großmutter, ich hatte gehofft, dass sie es verstand.

Da sah ich den alten Joe. Er hielt Blumen in der Hand und schritt mit dem unverwechselbar schwankenden Gang der Fischer zielstrebig auf Grandmas Grab zu. Ich blieb stehen und beobachtete, wie er die Blumen ablegte, sich auf den Stein setzte und vor sich hin brabbelte. Verstehen konnte ich ihn nicht, aber es sah tatsächlich so aus, als würde er sich mit Grandma unterhalten. Sie schien zu antworten, denn seine Rede wurde von langen Pausen unterbrochen, in denen er nickte, manchmal sogar lachte, und dann hörte ich ihn rufen: »Nein, wie kannst du nur so etwas denken?«

Es war ein so schönes Bild, dass ich noch lange stehen blieb und den beiden zusah. Sie mussten sich gut gekannt und sehr geschätzt haben, und ich fand es erstaunlich, dass ich zu Grandmas Lebzeiten nie etwas davon bemerkt hatte.

Schließlich schwang ich mich aufs Fahrrad, radelte zurück und mein Herz fühlte sich ganz leicht und frei an. Weil ich für Justin gesorgt hatte und Grandma heute nicht allein zurückblieb. Ich änderte die Richtung, fuhr noch einmal zu den armseligen Resten der alten Hütte hinaus, setzte mich auf einen Baumstumpf und starrte in den

Himmel. Ich strich über meine Hand, die sich ohne den Ring ganz nackt anfühlte, und spürte plötzlich eine enorme Kraft in mir. Ich konnte die Zeit nicht mehr zurückdrehen, zauberhafte Momente nicht weiter verlängern oder Geschehenes ungeschehen machen, jetzt hatte ich eine echte Aufgabe. Eine, die viel größer und gewaltiger war als die der letzten Tage: Ich musste mein Leben so gestalten, dass es mir gefiel. Dass alles so schön wurde, wie ich es mir wünschte, und so gerecht, wie ich es mir erhoffte. Ganz ohne den Ring.

Das war eine enorme Herausforderung und plötzlich fühlte ich, wie das Blut in meinen Adern pulsierte, spürte den Wind in meinen Haaren, die ersten Regentropfen auf meinen Schultern und lachte.

Natürlich gab es noch das eine oder andere Problem. Mam hatte einmal gesagt, dass gründliches Nachdenken die meisten Schwierigkeiten zunichtemachte und dass es nur deshalb so viele Probleme gäbe, weil die Menschen zu faul zum Denken wären. Sie sei das beste Beispiel, hatte sie gesagt, und das wäre Beweis genug. Und da hatte sie wohl recht.

Also lehnte ich mich zurück, blinzelte in die Sonne und begann mit meinem größten Problem: Justin. Er hatte nicht weiter nachgefragt, was an jenem Abend am Steg passiert war. Er war unglaublich lieb und fürsorglich, schrieb jede Stunde eine SMS und fragte, wie es mir ging, aber ich hatte ihm den Ring geschenkt, sein Leben gerettet und meine Familiengeschichte verraten. Dass er sich nun um mich kümmerte, war das Mindeste, was er tun konnte. Immerhin waren wir seit Jahren Freunde und es gab keinen Grund, mich im Stich zu lassen.

Aber auch keinen, aus unserer Kinderfreundschaft mehr werden zu lassen.

Jedenfalls jetzt nicht mehr.

Ich seufzte und beschloss, Atlanta anzurufen. Es war höchste Zeit, ihr mein Herz auszuschütten. Oder was davon noch übrig war. Wir verabredeten uns am Hochsitz im Bruchwald.

Als ich dort ankam, war Atlanta schon da. »Ich warte schon die ganze Zeit darauf, dass du dich meldest. Also, was war da los? Ich dachte, ihr habt euch geküsst, aber dann sagst du, dass Justin gar nichts mehr davon weiß ...« Ich unterbrach sie und erzählte ihr die ganze Geschichte und diesmal ließ ich nichts aus. Auch nicht die Sache mit Grandmas letzter Warnung.

»Ach, du Scheiße!«, wisperte Atlanta. »Dann hattest du gar keine andere Wahl, du musstest ihm den Ring schenken?«

Ich nickte.

»Und, bist du immer noch verknallt?«

Ich nickte, es fühlte sich zumindest so an.

»Hmmh«, sagte Atlanta und kaute auf ihrer Unterlippe. »Wenn der Ring nicht bei Menschen funktioniert, die man liebt, könntest du sehr einfach herausfinden, was Justin für dich empfindet.«

»Wie meinst du das?«, fragte ich verwirrt.

»Jetzt hat *er* den Ring. Für ihn werden die gleichen Regeln gelten ...«

»Du meinst, ich soll ihn bitten, für mich am Ring zu drehen und sehen, was passiert?« Das war eine völlig durchgeknallte Idee, allerdings eine grandiose, atlantatypische megadurchgeknallte Spitzenidee.

»Justin weiß ja nichts von den Vermutungen deiner Großmutter und diesem ganzen Liebes-Zeugs«, fuhr Atlanta fort. »Lass uns eine Feier veranstalten, Grillen am See oder so was. Und dann starten wir unser Liebesexperiment.«

Das war perfekt. Und noch während wir überlegten, welchen Anlass wir wählen sollten, rief Jeanette an. Am Abend fand die erste Tanzparty im Gemeindesaal statt. Es fehlten noch Helfer an der Bar und verständlicherweise hatte sie keine Lust, diesen Job selbst zu übernehmen. »Ich glaube, wir wären die Richtigen dafür«, sagte ich, zwinkerte Atlanta zu und dann rief ich die Jungs an. Um ihnen zu sagen, dass heute Abend eine Menge Arbeit auf uns wartete, die vielleicht sogar Spaß machte.

Um halb acht trafen wir uns am Gemeindesaal. Jeanette bestückte gerade die Bar, der Besitzer des Seehotels baute die Anlage auf und dann kamen Mam, Tom und Johnny. Der Raum füllte sich zusehends und als der DJ um acht Uhr mit der Musik loslegte, platzte der Gemeindesaal schon aus allen Nähten.

»Das ist ja wie beim Seefest«, sagte Justin und grinste. »Ganz Sunderby ist da und jede Menge Gäste von auswärts. Wer hätte das für möglich gehalten.«

Wir hatten uns Schürzen umgebunden, schenkten Prosecco aus und waren höllisch beschäftigt. Die Tänzer wurden schnell durstig und wollten nicht lange warten.

»Ist das nicht fantastisch?«, juchzte Mam. Sie wirbelte in Johnnys Armen an uns vorbei und sah einfach toll aus. Aber auch Jeanette hatte sich in Schale geworfen und ließ keinen Song aus.

»Unsere Idee mit Jeanette scheint aufzugehen«, wisperte Justin.

»Vermutlich schnappt sie sich deinen Vater«, erwiderte ich und Justin bekam einen solchen Hustenanfall, dass er fast daran erstickte.

In diesem Moment steuerte Johnny auf mich zu. »Lust zu tanzen?«

Ich hatte keine Ahnung, ob ich das konnte, doch Atlanta nickte mir zu.

»Stolpere, lass dich fallen, irgend so etwas«, wisperte sie mir ins Ohr, und dann zog mich Johnny auch schon auf die Tanzfläche. Ich hatte nie einen Kurs besucht oder richtig tanzen gelernt, mit Hand auf der Schulter und so. Aber das war egal, das meiste machte sowieso Johnny und es lief ausgesprochen gut. Schließlich wurde die Musik leiser und wir verlangsamten unsere Schritte. Ohne Vorwarnung trat ich Johnny auf die Zehen, stolperte, ließ mich gekonnt zu Boden fallen, verzog mein Gesicht und stöhnte.

Atlanta schrie auf. »Oh mein Gott, schnell, Justin. Du musst ihr helfen, dreh am Ring!« Sie brüllte so laut, dass selbst ich jedes Wort verstand.

Mittlerweile hatte sich Johnny neben mich gekniet und auch Mam war schon da. »Ach herrjeh«, seufzte sie und berührte meinen Knöchel.

»Aahhh«, stöhnte ich, offenbar war ich wirklich blöd gefallen.

Los Justin, mach schon.

Ich konnte sehen, wie er an seinen Ringfinger fasste, einmal, zweimal, dreimal. Dann sprang er völlig unerwartet mit einem Satz über den Tresen, der uns trennte, eilte zu mir und hob mich hoch. Einfach so, als wäre ich eine Strohpuppe, so ein federleichtes Ding, das auf den Feldern stand, um Vögel zu vertreiben. »Ich bring sie raus«, sagte er zu meiner Mam und trug mich quer durch den Saal und die Tür nach draußen.

»Wärst du bitte so freundlich, am Ring zu drehen?«, stöhnte ich.

»Das geht leider nicht«, sagte Justin.

In diesem Moment kehrten meine Lebensgeister zurück und der Schmerz war vergessen. »Warum nicht? Das kann nicht sein!«

»Wenn ich es dir doch sage!«

Damit hatte ich nicht gerechnet. Nicht in meinen kühnsten Träumen. Schließlich hatte Justin keine Versuche mehr unternommen, mit mir allein zu sein, hatte mich nicht anders behandelt als Marko oder Atlanta und war so kühl gewesen wie Zitroneneis.

»Ich lass dich jetzt runter«, sagte Justin, hielt mich aber immer noch in den Armen. »Ich überlege mir was anderes, damit dein Knöchel besser wird.«

»Ich wüsste da etwas«, sagte ich und sah in seine olivfarbenen Augen und auf seinen weichen Mund, der nur Zentimeter von meinem entfernt war.

Und da lächelte er. Breiter und offener, als ich es je an ihm gesehen hatte.

Als wir uns küssten, fühlte es sich an, als hätten wir uns jahrelang vermisst. Was der Wahrheit erstaunlich nah kam, aber wir überwanden ein bisschen mehr als nur die Distanz zwischen Deutschland und Amerika und die Zeit, die wir ohne einander verbracht hatten. Wir umschifften unsere Schüchternheit und die Sorge, der andere könnte das eigene Gefühl nicht erwidern.

Dann lächelten wir uns an und ich sagte ihm endlich, was an dem Abend am See geschehen war und das ich seitdem wusste, dass ich in ihn verliebt war.

Justin strich mir eine Haarsträhne aus dem Gesicht und dann sagte er mir, wie gut ich ihm gefiel, wie sehr es ihn beeindruckte, dass ich anderen half, und wie gern er mich hatte.

Und wenn unser erster Abend am See schon wunderbar gewesen war, dann war dieser zweite das Schönste und Magischste, was mir je widerfahren ist.

Denn Justin liebte mich.

Das allein war es wert, den Ring weggegeben zu haben.

27. Kapitel

Als hätte das Glück beschlossen, mir zu beweisen, dass ich keinen magischen Ring brauchte, um von ihm bedacht zu werden, verkündete mir meine Mutter am nächsten Morgen, dass wir meinen anstehenden Geburtstag mit einem rauschenden Fest feiern würden.

Ich quiekte vor Begeisterung, denn bei all der Aufregung in den letzten Wochen hatte ich meinen Geburtstag tatsächlich fast vergessen. Ich warf einen Blick auf den Kalender. »Das ist ja schon übermorgen. Wie viele Gäste …?«

»So viele du willst«, erwiderte Mam.

»Feiern wir hier?«

»Nein, aber nicht weit weg.«

Also machte ich eine Liste. Auf der natürlich Justin, Atlanta und Marko standen. Johnny, Tom und Jeanette Riccardi. Kenneth, der alte Joe, Miss Grehn und jede Menge andere Bewohner von Sunderby.

Sie alle waren fast so was wie meine – ziemlich große, ziemlich verrückte – Familie.

»Wohin gehen wir denn?«

»Das bleibt meine Überraschung«, sagte Mam. »Sag

deinen Gästen, sie sollen um zwanzig Uhr zur Strandpromenade kommen.«

Oh, là, là. Wahrscheinlich würden wir ins Seerestaurant gehen, solch einen Schnickschnack konnten wir uns nun ja leisten. Mam gab mir einen Kuss und verschwand ins Bad, während ich mir das Telefon schnappte und einen nach dem anderen anrief. Dabei beschlich mich das Gefühl, dass einige schon Bescheid wussten, keiner war sonderlich überrascht und alle sagten zu. Ohne Ausnahme.

Vergessen war mein angeschlagener Knöchel vom Vorabend, ich schlüpfte in meine Flipflops und lief zum Nachbarhaus hinüber. Tom und Justin saßen im Garten beim Frühstück.

»Hey, übermorgen ist mein Geburtstag, ihr seid eingeladen«, rief ich. Tom brachte mir ein Glas Orangensaft und Justin küsste mich, als wäre es das Selbstverständlichste der Welt. Und so fühlte es sich auch an: Es *war* das Selbstverständlichste der Welt. Trotzdem fand ich es klasse, dass wir in den letzten Wochen so einiges erlebt hatten, wir hatten die Chance bekommen, uns neu kennenzulernen und nun mochte ich beide: den alten und den neuen Justin. Der alte erfüllte mich mit Lachen und Nähe, der neue mit Sehnsucht und Neugier.

»Und jetzt lass uns baden gehen«, sagte Justin. »Eis essen, in den Himmel gucken, Wolken zählen …«

Sunderby schien sich herausgeputzt zu haben. Die Strandpromenade funkelte in bunten Farben, die Tischdecken auf den Kaffeehaustischen leuchteten in Rot und

Orange, die Gläser blitzten in der Sonne und der See lag vor uns wie eine schimmernde Silberplatte.

Justin nahm mich bei der Hand und wir schlenderten die Promenade hinunter, an den Badebuchten vorbei und immer weiter, bis wir zu einem kleinen Strand kamen. Dort packten wir unsere Handtücher aus und sprangen ins Wasser, dann legten wir uns nebeneinander und starrten in den Himmel, Hand in Hand. »Deine Großmutter hat gemerkt, dass sie sterben wird«, sagte Justin irgendwann. »Deshalb wollte sie deine Hilfe, damit Sunderby nicht ohne Ring klarkommen muss.«

»So war es wohl«, erwiderte ich.

»Eine bemerkenswerte Frau«, sagte Justin. »Obwohl ich zugeben muss, dass ich als Kind immer Angst vor ihr hatte.«

»Oh, ich glaube, das hatten viele. Aber es stimmt, sie war klasse.«

Und dann sagten wir lange Zeit nichts mehr. Justin zeigte mir Wolken, die wie Nilpferde aussahen. Ich erklärte ihm, wieso Seemöwen immer um die Boote herumflogen. Zwischendurch küssten wir uns und dann wollte er endlich alles wissen von jener Nacht auf dem Steg und warum ich so eifersüchtig auf Kirsten gewesen war.

»Die ist ganz okay und kennt hier niemanden«, sagte er schließlich und grinste mich an. »Aber glaub mir, ich hatte nur Augen für dich.«

»Dreh doch mal eben am Ring, es ist gerade so schön«, sagte ich.

»Dann lass es uns doch einfach genießen«, erwiderte Justin und mir wurde klar, dass er genau der Richtige war, um den Ring zu tragen, er würde ihn immer nur für andere einsetzen – so wie es sein sollte.

Als wir dann ins Wasser sprangen, Steine titschen ließen und über den See blickten, verstand ich, dass nicht der Ring die größte Errungenschaft dieser Ferien gewesen war. Sondern Justin. Mein verschollener Freund aus Amerika. Den ich besser kannte als jeden anderen auf der Welt. Und den ich endlich wiedergefunden hatte.

Zwei Tage später war es dann so weit, ich stand schon um halb acht an der Strandpromenade und bekam vor Aufregung kaum noch Luft. Nach und nach trudelten meine Gäste ein, Miss Grehn und der alte Joe kamen und Johnny brauste in seinem Porsche heran. Atlanta war ganz nervös, weil Marko noch nicht da war, aber dann erschien auch er und die Gruppe setzte sich in Bewegung.

Zu meiner Überraschung marschierten wir am Seerestaurant vorbei und liefen zum Hafen. Und dort, am Anlegesteg, wartete der Dampfer. An der Reling hingen Girlanden und an Bord erschallte Musik.

»Der Dampfer?«, fragte ich. »Du hast den Dampfer ...?«

»Ja«, sagte Mam. »Und für das Essen haben Jeanette und Miss Grehn gesorgt. Weil du so einiges für Sunderby getan hast ...«

Paule der Kapitän zog seine Mütze vor mir und die zwei Hilfsmatrosen führten uns aufs Schiff und zum Buffet. Es gab Fisch in Hülle und Fülle, Salate und natürlich Muffins und Kuchen, die waren von Mam. Jeder erhielt ein Glas Prosecco oder alkoholfreie Bowle und als der Dampfer ablegte und ohrenbetäubend hupte, stießen wir an. »Auf Bella«, riefen alle und ich bekam eine Unzahl von Geschenken. Atlanta und Marko hatten mir eine Uhr gekauft, so eine altmodische mit Armband. »Damit du nie vergisst, wie kostbar jede Stunde ist«, sagte Atlanta und Marko zwinkerte mir zu. Miss Grehn schenkte mir ein altes Foto meiner Großmutter, Joe eine Dose mit Angelhaken, und Tom hatte etwas ganz Besonderes für mich: die Samen von einem Mammutbaum. »Ich weiß nicht, ob er hier wachsen wird, aber du kannst es ja mal versuchen, vielleicht vor der Chocolaterie?«

Es war seltsam, aber all diese Geschenke hatten etwas mit Zeit zu tun. Das Foto meiner Großmutter erinnerte mich daran, dass man sie nicht aufhalten konnte. Die Angelhaken standen für Ruhe und geduldiges Abwarten und ein Mammutbaum konnte Jahrhunderte überstehen und in all dieser Zeit immer größer und prächtiger werden. Schließlich schenkte mir Jeanette noch einen Einkaufsgutschein fürs *Ten to Five* und Johnny einen Blumenstrauß, der genauso aussah wie der, den er damals Mam mitgebracht hatte. Als er ihn überreichte, wurde ich rot wie eine Tomate, das war ein bisschen blöd und alle lachten.

Schließlich nahm Justin meine Hand und zog mich nach draußen. Wir lehnten uns an die Reling, die Sonne ging langsam unter und überall auf dem See funkelten Lichter. »Alles Gute zum Geburtstag, Candy«, sagte er und küsste mich. Seine Lippen schmeckten nach Sandpapier und Seewasser, seine Haut roch ein bisschen nach Wildleder und noch mehr nach Freiheit und das war eine berauschende Mischung. Dann zog er den Ring aus der Tasche und gab ihn mir.

»Das ist mein Geschenk«, sagte er. »Ich möchte nicht den Engel von Sunderby spielen, das passt nicht zu mir. Es ist *dein* Ring, du hast ihn geerbt und er ist eng mit eurer Familiengeschichte verknüpft.«

Wow, nun hatte ich ihn wieder. Ich besaß zwar keine Macht mehr über ihn und würde sie auch nie zurückerhalten. Aber es war schön, ihn wieder an meinem Finger zu spüren, er würde mich ewig an Grandma und diesen Sommer erinnern. Außerdem hatte ich erkannt, dass es keinen Sinn ergab, Hunderte von Stunden aufhalten zu wollen. Man musste sie füllen, mit spannenden Begegnungen und Erlebnissen und wenn man sie verplempern wollte, war das auch okay. Denn jeder war für sich und seine Zeit verantwortlich und hatte die Dinge selbst in der Hand. Ob mit oder ohne Ring, das machte keinen Unterschied.

Aber dass Justin ihn mir schenkte, dass er auf *diesen* Ring verzichtete und ihn freiwillig weggab, bedeutete mir unendlich viel.

Ich strahlte ihn an, dann umarmten wir uns und standen an der Reling wie Leonardo di Caprio und Kate Winslet auf der Titanic. Mit dem kleinen Unterschied, dass die zwei geradewegs in die Katastrophe rauschten, während wir ihr entkommen waren.

28. Kapitel

Es war der letzte Tag meiner Ferien. Morgen würde ich mich von Mam, Justin und meinen Freunden verabschieden und zurück ins Internat fahren. Glücklicherweise waren es nur ein paar Wochen bis zu den Herbstferien, dann kam auch schon Weihnachten und vielleicht konnte ich ja irgendwann hier zur Schule gehen. Ich musste das in Ruhe mit Mam bereden.

Doch jetzt ging es erst einmal um den Ring.

Ich hatte nun schon mehrmals von Sirina Henderson geträumt. Wir hatten das Rätsel um ihre Person nicht klären können und so blieb es ein Geheimnis, warum sie den Ring in der Hütte zurückgelassen hatte. Nach wie vor war ich überzeugt, dass er ihr Unglück gebracht hatte, auf welche Art auch immer. Selbst meiner Großmutter hatte er kein Glück gebracht, sie hatte vielen Menschen helfen können, sich selbst jedoch nicht. Die Anerkennung war ihr versagt geblieben, und irgendwann war sie spöttisch geworden, bissig und menschenscheu.

Ich hatte lange darüber nachgedacht, aber ich würde den Ring nicht behalten. Es war ein fantastisches Geschenk von Justin und dafür liebte ich ihn nur noch mehr. Aber Justin wollte den Ring nicht einsetzen, mir nützte er nichts, und wenn ich daran dachte, welchen Kummer er Grandma bereitet hatte, mochte ich selbst ihn auch nicht tragen.

Auf gar keinen Fall jedoch durfte er jemals in falsche Hände geraten.

Also stand ich in aller Herrgottsfrühe auf und schlich zum See hinunter. Über Sunderby hing der Nebel, man konnte die Hand nicht vor den Augen sehen, aber es war schön, unbemerkt wie ein guter Geist durch meinen Ort zu wandern.

Ich kletterte die Strandpromenade hinunter und ging zu dem Steg, an dem uns die Hendersons erwischt hatten und auf welchem Justin und ich gesessen hatten. In jener Nacht, an die er sich nicht mehr erinnerte.

Ich lief auf den Planken entlang nach vorne und zog den Ring vom Finger.

»Sei mir nicht böse, Grandma, aber ich handle so, wie vor mir schon Sirina Henderson: ich verstecke ihn. Für mich hat er keine Kraft mehr, Justin will ihn nicht und ich möchte nicht, dass er in falsche Hände gerät. Ich fahre wieder ins Internat und ich denke, es ist an der Zeit, mich von dir zu verabschieden. Mach's gut, Grandma!«

Ich nahm den Ring, holte aus und warf ihn in den See. Es machte leise *Plopp*, als er auf die Wasseroberfläche traf – der sumpfige Untergrund würde ihn in wenigen Sekunden verschlucken.

Ich stand da und starrte in den Nebel, dann drehte ich mich um, lief zurück und ging noch ein bisschen spazieren.

Und plötzlich stand ich am Hafen, die Fischer waren gerade dabei, ihre Boote fertig zu machen. »Schön, dass du kommst«, sagte der alte Joe. Unversehens war er aus dem Nebel getreten und stand neben mir. »Weißt du, ich muss dir nämlich eine Geschichte erzählen. Magst du sie hören?«

Ich nickte. Seltsam, dass er Zeit hatte.

Jetzt, wo er rausfahren wollte.

Wir setzten uns auf sein taunasses umgedrehtes Boot.

»Es ist eine merkwürdige Geschichte und ich habe einen ganzen Tag lang überlegt, wem ich sie erzähle. Aber dann fielst du mir ein. Weil deine Großmutter dir einen Ring vermacht hat und diese Geschichte auch von einem Ring handelt.«

Innerhalb von Sekunden hatte Joe meine vollste Aufmerksamkeit.

»Wovon sprichst du?«

»Aufgepasst«, sagte Joe. »Es klingt wie ein Märchen und vielleicht ist es auch eins. Aber du musst unbedingt zuhören.«

»Das tue ich«, erwiderte ich. »Fang an!«

Und dann erzählte Joe eine wirklich seltsame Geschichte.

Sie handelte von einem Mädchen und einem Jungen, die sich schon lange kannten. Das Mädchen besaß einen

Ring, mit dem sie eine Stunde in der Zeit reisen konnte. Sie benutzte ihn nach Lust und Laune, verlängerte schöne Momente, half anderen Menschen in Not und kümmerte sich um das ganze Dorf. Der Junge half ihr dabei, doch eines Tages geriet er selbst in Not. Das Mädchen drehte am Ring, doch sie konnte das Unheil nicht verhindern, der Junge geriet wieder und wieder in die gleiche Misere.

»Um Himmels willen, Joe, was erzählst du da?«, rief ich. Mir standen die Nackenhaare zu Berge, und ich hatte nicht die leiseste Ahnung, woher Joe sein Wissen hatte oder wohin diese Geschichte führen würde.

»Anscheinend sorgte sich das Mädchen dermaßen um den Jungen, dass es beschloss, ihm den Ring zu schenken«, fuhr der Fischer fort. »Sie verlor damit all ihre Privilegien, aber ihr Freund konnte sich retten. Allerdings gab es da etwas, das dieses Mädchen nicht wusste.«

Joe machte eine Pause, zog seine Pfeife aus der Hosentasche und zündete sie an. »Dem Jungen war klar, dass die magische Kraft nur auf ihn überging, wenn er an dem Ring drehte, und das hat er nie getan.«

»Das ist nicht wahr und völlig unmöglich«, rief ich. »Der Junge konnte dem Unheil entkommen!«

»Der Junge ist dem Unheil entkommen, weil er ziemlich genau wusste, was passieren würde. Schließlich hat er die gleiche Situation mehrmals erlebt. Im entscheidenden Moment hat er einfach seine fünf Sinne zusammengenommen und richtig reagiert.«

»Unmöglich«, keuchte ich. »Er hat doch auch auf der Tanzparty am Ring gedreht. Gut, da hat es nicht funktioniert, aber das war, weil ...«

Ich stockte und sog die Luft ein.

Verflixter Mist.

Justin hatte auf der Party gar nicht am Ring gedreht.

Und ich Esel hatte gedacht, dass er mich liebt.

»Möchtest du wissen, warum der Junge nie am Ring gedreht hat?«, fragte Joe. »Weil er das Mädchen liebte. Er wollte ihr den Ring nicht nehmen, die Macht und alles, was damit zusammenhing. Das ist die ganze Geschichte. Sie klingt irgendwie ... verrückt, oder?«

»Du sagst es«, erwiderte ich, meine Gedanken fuhren Achterbahn. Justin hatte den Ring also nie benutzt und war dem Tanker dennoch entkommen. Dann hatte Marko recht gehabt: Den Herausforderungen des Lebens musste man sich selbst stellen und es hatte funktioniert. Und am Abend der Tanzparty hatte Justin ebenfalls nicht am Ring gedreht. Und ich hatte ihn geküsst.

Wo er doch gar nicht verliebt gewesen war.

Stopp, das stimmte so nicht und da hatte der alte Joe schon recht: Justin musste sogar mächtig verliebt gewesen sein, sonst hätte er den Ring benutzt und sich keine Gedanken um mich gemacht.

»Joe, wer hat dir diese Geschichte erzählt? Der Junge?«

»Möglicherweise«, erwiderte Joe. »Ich glaube, der Ring gehört jetzt wieder dem Mädchen und alles bleibt beim Alten.«

»Willst du damit sagen, das Mädchen hat immer noch Macht über den Ring und kann ihn bis ans Ende ihres Lebens benutzen?«

Joe nickte und zog an seiner Pfeife.

Das durfte doch nicht wahr sein! Ich brach in schallendes Gelächter aus.

»Du, Joe«, sagte ich schließlich, wischte mir die Lachtränen weg und sah dem alten Mann in die Augen. »Das Mädchen hat den Ring nicht mehr. Es hat ihn im See versenkt.«

»Ahh«, erwiderte Joe, »das ist eine schöne Wendung. So ganz geheuer war mir diese Geschichte nämlich nicht. Ist sicher besser so.«

»Da hast du recht«, sagte ich. »Das Mädchen hat ihr Glück woanders gefunden. Und das ist magischer als alles, was dieser Ring je vermocht hat.«

Angie Westhoff wurde 1965 in München geboren. Sie studierte Germanistik und Geschichte, arbeitete in der internationalen Lehrerfortbildung und leitete Seminare in vielen Ländern der Welt. Seit knapp 10 Jahren widmet sie sich dem Schreiben von Kinder- und Jugendbüchern.